FRENCH SUMMER

Marian De Smet

FRENCH SUMMER

— • A FUCKING GREAT ROAD TRIP • —

Aus dem Niederländischen von Andrea Kluitmann

GERSTENBERG

Für meinen Vater, an den ich noch jeden Tag denke
Für meine Familie, die mich einfach mein Ding machen lässt und es versteht

»Watch out, the world's behind you«
(Aus »Sunday Morning«, The Velvet Underground)

Der Stuhl auf der Autobahn? Das waren wir.
Ich hatte noch gesagt, dass er nicht richtig festgemacht war, aber Tabby schnalzte bloß mit der Zunge und stieg ein.
»Was man findet, darf man behalten«, hatte sie gesagt.
Der Kofferraum ließ sich nicht mehr schließen. Ich zog das Seil fester an, das schludrig um die Stuhlbeine geschlungen war, und setzte mich neben sie.
»Was sollen wir damit anfangen?«
»Das kann man nie wissen.«
Ruckelnd fuhr sie wieder auf die Autobahn. Der Motor heulte auf, während sie versuchte, sich eine Zigarette anzuzünden, und gleichzeitig das Gaspedal durchtrat.
»Schalten!«, rief ich.
»Mmmmmm!«, protestierte sie. Mit großen vorwurfsvollen Augen, die Zigarette zwischen den Lippen, schaltete sie sofort vom zweiten in den dritten und schließlich in den vierten Gang.
»Weißt du, Eppo (Zigarette zwischen den Fingern, Rauch ausblasend), für jemanden ohne Führerschein hast du eine ziemlich große Klappe.«
Ich schwieg, kurbelte betont langsam das Fenster runter und klickte meinen Sicherheitsgurt fest.
Zehn Kilometer später riss das Seil sich los und der Stuhl flog aus dem Kofferraum.

»Shit!«, sagte Tabby lachend. Sie zog sich am Lenkrad hoch, suchte ihre Augen im Spiegel und dann die Straße hinter uns. Ich sah, wie ein Kleintransporter dem Stuhl nur knapp ausweichen konnte. Das Auto danach hupte laut, ein Lkw schaltete die Warnblinkanlage ein.
Die Heckklappe öffnete sich knarrend weiter und pfeifend schoss der Wind in den Wagen. Meine Haare wurden mir über den Kopf hinweg in die Augen geblasen und Tabby lachte. Sie hörte nicht auf zu lachen.
»Jetzt halt endlich an!«, schrie ich, aber sie hielt nicht an. Erst viel weiter fuhr sie auf einen kleinen Parkplatz und bremste abrupt. Wie immer.
Stur blieb ich sitzen, während sie ausstieg, um den Kofferraum zu schließen.
Sie versuchte es mit einem lauten Knall.
Sie versuchte es mit einem noch lauteren Knall und einem Fluch.
Leise quietschend öffnete sich die Klappe wieder. Ich wusste, dass sie jetzt die Augen verdrehte.
Schließlich schaffte sie es, indem sie die Klappe fallen ließ und kurz mit dem Po andrückte.
»So«, sagte sie beim Einsteigen und wischte sich die Hände an ihrer Hose ab.
Der Verkehrsfunk schallte plötzlich laut durch das Autoradio.
»... à la hauteur de la sortie 23, une chaise est signalée sur la voie de droite. Soyez prudents et veuillez ralentir s'il vous plaît.«
»Hey!«, rief sie lachend. »Hey! Das sind wir!«
Ruckelnd fuhren wir wieder an. Ich schwieg.

»Bist du sauer oder so?«, fragte sie nach einer Weile.

Ich sah mir im Seitenspiegel die vorbeiflitzende Landschaft an: Heuballen auf einem Feld, eine Kirche in der Ferne, ein Falke auf einem Strommast. Wenn ich anders schaute, sah ich mich selbst, und dazu hatte ich keine Lust.

»Nun komm schon, Eppo.«

Das sagte sie oft: Nun komm schon.

»Es ist doch nichts passiert.«

»Es hätte aber was passieren können. Es war dumm, das hab ich gleich gesagt. Du denkst einfach nicht nach, Tabby.«

»Die sind doch jetzt alle gewarnt. Sollen sie eben das Radio einschalten.« Damit war die Sache für sie gegessen. Ich nahm die Zeitung von der Ablage und versuchte, das Sudoku zu lösen.

»Machst du schon wieder so ein Rätsel? Puh ... du bist vielleicht unterhaltsam!«

Ich weiß nicht mehr, wann ich beschlossen hatte, bei ihr zu bleiben. Sofort? Schließlich ging sie auch nirgends hin.

Oder war es ganz von alleine gekommen und hatte nichts mit einer Entscheidung zu tun? Sie war mein vierter Lift an diesem Tag. Der dritte Tag, an dem ich die Welt entdecken würde.

Der Mann vor ihr hatte mich mickrige zehn Kilometer weiter weg von dem Ort gebracht, zu dem ein älterer Herr mich mitgenommen hatte.

Ich stand gerade eben erst da, als sie anhielt. Mein Schild PARIS steckte sogar noch in meinem Rucksack.

»Wohin willst du?«, fragte sie und beugte sich über den Beifahrersitz, um mein Gesicht sehen zu können.

»Wohin fährst du?« Ich bückte mich vor das halb runtergekurbelte Fenster.

Sie hatte grünliche Haare. Sie waren sehr kurz und hatten die Farbe von Gras, auf dem zu lange ein Zelt gestanden hatte.

»Steig ein!«, schrie sie und versuchte, das Getöse eines vorbeidonnernden Lastwagens zu übertönen. »Hier ist es zu gefährlich!«

Ich warf meinen Rucksack auf die Rückbank und setzte mich neben sie. Beim Anfahren würgte sie ihren alten Golf dreimal ab.

Erst als sie anständig Fahrt hatte, schenkte sie mir ein schiefes Lächeln.

»Und?«

»Was und?«

»Wohin fährst du?«

Sie zuckte die Schultern, zog die Nase hoch.

»Ist eigentlich egal. Hab ich noch nicht drüber nachgedacht. Sag du's nur.«

Ich wusste nicht, was ich sagen sollte. Wie meinte sie das?

»Fährst du auch in die Ferien?«

»In die Ferien?«

»Reist du herum?«

Sie warf mir einen Blick zu. »So was in der Art, ja.«

Sie fummelte an dem Regler der Heizung rum und plötzlich schoss mir ein kalter Luftzug in die Augen. Sie drehte an dem Gebläse und versuchte, ein abgebrochenes Plastikkläppchen wieder festzuklicken.

»Ich hoffe, heute Abend bis zur französischen Grenze zu kommen«, sagte ich.

»Okay.«

»Musst du in die Richtung?«

»Ich fahre in die Richtung.«

Es klang entschieden. Mit einem verbissenen Zug um den Mund trat sie auf das Gaspedal und überholte einen Lastwagen. Als wir vorbeifuhren, hupte er.

Ich schaute auf ihre nackten Beine unter ihrem kurzen Jeansrock.

Sie sah es.

»Ich bin Tabita. Aber alle sagen Tabby.«

»Eppo«, sagte ich.

Sie schaute mich fragend an.

»Einfach Eppo.« Es klang wie eine Entschuldigung.

»Okay, einfach Eppo. Los geht's.«

»Ich dachte immer, nur alte Leute machen diese Rätsel.«

Ich spürte ihren Blick. Sie wollte, dass ich ihn spürte. Ich starrte auf die Zahlen und leeren Felder, strich einen Fehler durch und versuchte mich zu konzentrieren.

»Du benimmst dich asozial.«

Meine Augen glitten wieder über das Rätsel.

»Eppo!«

Seufzend schaute ich auf.

Dieses Grinsen.

»Erzähl mal was.«

»Was denn?«, fragte ich genervt.

»Einfach irgendwas.« Sie klappte die Sonnenblende herunter und kniff die Augen zusammen. »Ich mag nicht, wenn es still ist.«

»Was du nicht sagst!«

»Nun mach schon, Eppo. Erzähl was. Mit wie vielen Mädchen warst du schon zusammen?«
Ich verdrehte die Augen.
»Und ...?«, drängte sie. »Bestimmt gibt es Mädchen, die auf kleine, langweilige Jungen mit langen Haaren stehen.«
»Du findest mich also langweilig?«
»Ein aufregender Typ bist du nicht gerade.«
»Danke schön!«
»Wie viele, Eppo?«
»Ich habe keine Lust, darüber zu reden.«
»Siehst du? Langweilig.«
Sie tastete nach der Keksrolle zwischen unseren Sitzen und steckte sich einen ganzen Keks in den Mund.
»Und du, was ist mit dir?«
»Oh nein!« Die Kekskrümel flogen durch die Gegend. Sie kaute eilig und sagte mit vollem Mund: »Ich hab zuerst gefragt.«
»Da gab's mal ein Mädchen ...«
»Wie hieß sie?« Tabby klopfte sich die Krümel von der Hose, geriet ins Schleudern und wischte sich den Mund mit dem Handrücken ab.
»Aber es ist nichts daraus geworden.«
»Warum nicht?«
»Einfach so.«

Nelleke war in meiner Klasse. Als sie mich eines Tages besuchte, saßen wir schweigend da und starrten auf unsere Füße, während Anke eine Schale mit Plätzchen und zwei Gläser Sojamilch für uns auf den Sofatisch stellte.

»Wie schön, dass du gekommen bist, Nelleke. Wir finden, dass Eppo zu viel allein ist.«

Mir war es peinlich, als Nelleke sich kurz darauf traute, meinen Handrücken zu streicheln. Ich räusperte mich und zeigte auf die Rotkehlchen im Garten.

Ich wusste, dass Anke noch in der Küche stand und uns im Spiegel neben der Wohnzimmertür sehen konnte.

Sie hatte Nelleke eingeladen, nicht ich.

»Wollen wir in deinem Zimmer ein wenig Musik hören?«, fragte Nelleke und warf ihre blonden Haare zurück.

Ich fand es nicht schlimm, den Kuss. Aber aufregend? Nicht wirklich.

»Nelleke.«

Tabby sah mich fragend an.

»So hieß sie, das Mädchen.«

»Dein Mädchen?«

»Wenn du so willst.«

»Und wer noch?«

Mir wurde kalt.
»Niemand. Jetzt bist du dran mit Erzählen.«
»Mal sehen, wo soll ich anfangen ...? Meinen ersten Kuss habe ich von Kristof bekommen, da war ich elf.«
»Elf?«
»Danach kam Nils, dann Andy, das dauerte nur zwei Wochen, und dann Tom, ah, nein, ich vergesse Janis noch ... Hm, mal sehen ...«
»Lass nur, Tabby, ich hab's schon kapiert.«
Sie lachte.
»Oder bluffst du?«
»Überhaupt nicht! Bis zu dem Tag, an dem meine Haare so aussahen, konnte ich mich vor Jungs kaum retten.« Sie schaute in den Spiegel auf der Sonnenblende und strich sich über den Kopf. »Eine Freundin von mir sollte sie entfärben und das ist dabei herausgekommen. Bei Gelegenheit bring ich sie um. Sie sollten blond werden. Mir blieb nichts anderes übrig, als sie ganz kurz zu schneiden, ich hatte kein Geld für den Friseur.«
Sie schaute wieder auf die Straße und kratzte sich die Nase.
»Und was ist mit Rob?«, fragte ich.
Sie erstarrte.
»Rob? Ich kenne keinen Rob.«
Ihre lockeren Worte passten nicht zu ihrer Körpersprache. »Und warum hast du dir seinen Namen dann auf den Arm tätowieren lassen?«
»Du Spanner! Belauerst du mich etwa, wenn ich aus der Dusche komme?«
»Absolut nicht. Dein Ärmel war im Schlaf hochgerutscht.«

»Pfui, Eppo. Heute Nacht schläfst du wohl besser im Auto.«
Ich schaffte drei Sudokos, bevor sie wieder etwas sagte.
»Ich hab Hunger.«
Sie fuhr auf einen Rastplatz mit Tankstelle. Neben den Zapfsäulen war ein Laden. »Tankst du voll? Ich muss was essen.« Sie fragte nicht, ob ich auch was wollte.

Neben mir an der Zapfsäule stand ein vollgepacktes Auto. Der Mann machte ein Gesicht, als sähe er sein ganzes Geld durch den Schlauch im Tank verschwinden. Aus den offenen Fenstern hingen zu viele Kinder. Eine Frau mit einem klebrigen Baby auf dem Arm hatte Eis geholt. Der Vater wollte kein Eis. Für niemanden.
Ich schaute auf den Zähler, der nur so durchratterte. Der scharfe Benzingeruch stieg mir in die Nase.

Ich hatte das Tattoo am ersten Abend schon gesehen.
Sie hatte mich bis kurz hinter die französische Grenze gebracht, die erste Ausfahrt genommen und unter der Autobahnbrücke angehalten. Es war dort dunkel und der Wind blies eine leere Bierdose über die Straße. Das Scheppern klang unter der Brücke besonders laut.
»So.«
Ihre Bremstechnik war katastrophal, besonders für meine Knie.
»Danke, Tabby. Das war ein gutes Stück.«
»Gerne. Trampst du heute noch weiter?«
»Nein, ich such mir einen Campingplatz. Und du? Wohin willst du noch?«
»Ich schlafe im Auto.«

»Hier?«

Ich schaute aus dem Fenster. Alles sah plötzlich noch trostloser aus. Der Asphalt war kaputt, im Rinnstein lag ein Schuh und ein Stück weiter ein kaputter Lastwagenreifen, das Metall wie Finger um das ramponierte Gummi gekrallt.

»Hier. Oder nicht hier. Mal sehen.«

Ich zog meinen Campingführer aus dem Rucksack.

»Wenn du mich zu einem Campingplatz bringst, kannst du dort schlafen. Im Auto oder in meinem Zelt. Das ist groß genug für zwei.«

Sie musterte mich argwöhnisch.

»Nein danke, ich glaub, ich fahr lieber noch ein Stück.«

Es klang nicht wirklich überzeugend.

»Okay, dann steig ich hier aus. Nochmals vielen Dank und mach's gut.«

Sie schenkte mir ein tapferes Lächeln und kniff die Augen zusammen, als ich die quietschende Autotür zuschlug. Sie hatte die Hände keine Sekunde vom Lenkrad genommen.

Ich ging Richtung Dorf und lauschte, ob ich den Anlasser hörte. Unter der Brücke würde es nachts noch dunkler werden, als es ohnehin schon war. Der Gedanke war nicht angenehm.

Erst nach einem halben Kilometer drehte ich mich um. Der rote Golf stand noch immer da. Einen Moment lang wollte ich zurückgehen, um sie zu überreden, doch mit mir zu kommen, aber ich verwarf die Idee schnell.

Ich bog um die Kurve und war davon überzeugt, sie nie mehr wieder zu sehen.

An der Kirche stand ein Frittenwagen. Der Besitzer hatte gerade die Vorderseite aufgeklappt und hielt sie mit einem Eisenstab hoch. Er sah aus, als würde er jeden Moment damit rechnen, dass ihm die Klappe ins Genick fiel. Er war viel größer, als ich zunächst gedacht hatte.

»*Bonjour*«, sagte ich.

»*Bonjour, ça va?*«

Ich nickte und wusste nicht, wie ich fragen sollte, ob ich schon was zu essen bekommen könnte, also setzte ich mich an den wackligen Picknicktisch, dessen Holz feucht und morsch war. Der Mann nickte.

Meinen Rucksack stellte ich auf den Boden zwischen das hohe Unkraut. Ein schief stehender Sonnenschirm in einem zerbeulten Plastikständer geriet kurz in eine beängstigende Schräglage, als eine Windböe einen Umweg durch den Kirchturm machte.

Der Wagen wackelte, als der Mann wieder einstieg. Er schaltete das Radio ein und suchte mit der Antenne nach Musik.

Er sprach mich an. Ich begriff, dass ich warten musste, bis das Fett heiß genug war.

Der Kies knirschte unter ihren Reifen, als sie auf den Kirchplatz fuhr.

Sie setzte sich mir gegenüber. Ziemlich plump hatte sie die Beine über die Bank geschwungen, der kurze Rock war unpraktisch. Mit beiden Ellbogen stützte sie sich auf das morsche Holz.

»Wie weit ist es noch?«, fragte sie.

Nicht: »Kann ich mitkommen?«, oder: »Gut, dass ich dich hier treffe.«

»Weit?«, war das Einzige, das ich aus dem Wörterstrom fischen konnte, der durch meinen Kopf floss.
»Der Campingplatz.«

Ein loses Brett klappte ein wenig hoch, als der Pommesmann seinen Bauch auf das andere Ende des Tisches legte, als wäre er eine Weihnachtsgans.
Wir schauten auf.
Ich konnte sehen, dass er auf großen Hunger hoffte. Es gab sonst niemanden, der Hunger haben konnte. Alle geschlossenen Fensterläden der Häuser am Platz schienen zu rufen: Wir haben schon gegessen!
Zum Glück war Tabby da.
Auch jetzt noch kann man in meinem Campingführer den Fettfleck von ihrer Mayonnaise sehen. Genau an der Stelle über das Schwimmbad und den gut sortierten Campingladen.
»Der da«, hatte sie gesagt und sie musste sich ganz dringend die Nase putzen, als die Rechnung kam.

Sie hatte noch nie ein Zelt aufgebaut, sagte sie und fing dann an, mich herumzukommandieren.
Sie lag eine halbe Stunde lachend im Gras, nachdem ich sie um die Heringe gebeten hatte. Nur die ersten fünf Minuten fand ich auch witzig.
»Mit Zwiebeln oder ohne?«, gluckste sie.

Im Schwimmbad war kein Wasser, der Laden war geschlossen. Nur das Zelt blieb übrig.

»Groß genug«, beschloss sie.

Sie schlief für zwei, also lag ich wach da.

Der Ärmel ihres T-Shirts schob sich hoch.

Für drei war das Zelt zu klein.

Am ersten Morgen war es nass und kühl. Wir brachen das Zelt im Regen ab. Na ja, ich faltete die Plane zusammen, steckte die Zeltstangen in die Hülle und kratzte den Dreck von den Heringen (haha), während Tabby unter einer großen Tanne rauchte. Sie schüttelte die Füße, um die Nadeln aus ihren Sandalen zu bekommen.

Sie wartete auf mich. So jedenfalls sah es aus.

Als ich alles wieder verstaut hatte, trat sie bibbernd unter dem Baum hervor, öffnete den Kofferraum und wies mit dem Kopf dorthin, wo ich meinen Rucksack lassen konnte.

»Kaffee. Sofort.« Sie warf ihre Kippe auf den Boden.

Wir frühstückten an der ersten Raststätte am Weg. An der Kasse schaute sie sich äußerst interessiert Straßenkarten und Plastiksouvenirs an.

Seufzend bezahlte ich. Sie setzte sich an einen Fensterplatz, schüttete den Inhalt von zwei Zuckertütchen in ihren Kaffee und schaute zu, wie ich ein Croissant aß.

»Möchtest du nichts?«

Sie schüttelte den Kopf und nahm noch einen Schluck. Es regnete jetzt heftiger. Die Tropfen zogen Streifen in die staubigen Scheiben. Tabby riss die leeren Zuckertütchen in winzige Schnipsel und biss sich auf die Fingernägel, die sie längst nicht mehr hatte. Der Tisch wackelte, weil sie mit dem Fuß wippte.

»Wo musst du eigentlich hin?«

»Nirgends. Einfach weg.«

»Weg von was?«

»Von wem.«

»Von wem denn?«

Mit den Schultern zucken. Das konnte sie gut.

»Ich brauche eine Zigarette.«

Einen Moment später sah ich sie draußen vor der Tür stehen. Sie konnte keine Sekunde stillhalten. Ständig wirkte sie zittrig, auch wenn es nicht kalt war.

Ich räumte mein Frühstück ab und schob das Tablett in einen Ständer auf Rädern. Ein asiatisches Mädchen mit weißem Papierhütchen nahm es sofort mit, als hätte ich es überhaupt nicht dort reinstellen sollen.

Tabby trat ihre Zigarette aus und fragte: »Sind wir weg?«

»Kann ich noch mit?«

»Klar.«

Im Auto fing sie an, wie verrückt an sämtlichen Knöpfen und Hebeln zu drehen und zu ziehen, bis die Scheibenwischer endlich in Bewegung gerieten. Sie suchte Musik im Radio und startete den Motor.

»Tabby, jetzt mal im Ernst ...«

Sie schaute mich spöttisch an und griff schon wieder nach einer Zigarette.

»Wie lange und wie weit fährst du weg von demjenigen, von dem du weg willst?«

»Mindestens zwei Wochen.«

»Zwei Wochen.«

»Mindestens.«
»Und es ist egal, wohin?«
Sie schüttelte den Kopf und sah mich an. Das machte sie nicht so oft, mir in die Augen schauen. Ihre waren sehr hellblau. Ich erhaschte einen Anflug von Traurigkeit, aber es war ganz schnell wieder vorbei.
»Wohin musst du?« Sie beschloss, doch nicht zu rauchen, und steckte die Zigarette in die Brusttasche ihrer Bluse.
»Anke und Hendrik meinten, ich müsse was von der Welt sehen. Einfach mal raus. Neue Orte entdecken. Auf andere Gedanken kommen.«
»Wer sind Anke und Hendrik?«
»Meine Eltern.«
»Du nennst deine Eltern Anke und Hendrik?«
»Ja. So heißen sie nämlich.«
»Bist du adoptiert oder so?«
»Nein. Sie sind davon überzeugt, wenn ich sie mit ihren Vornamen anspreche, würde ich sie als Individuen sehen. Nicht nur als meine Mutter oder meinen Vater«, ratterte ich die Standardantwort herunter.
Sie verkniff sich das Lachen.
»Hast du Schwestern?«
»Nein.«
»Oder einen Bruder?«
Ich lockerte meinen Sicherheitsgurt, er war plötzlich viel zu stramm. »Nun fahr schon los.«
»Du antwortest nicht.«
»Was soll denn das auf einmal? Ein Kreuzverhör?«

Es hatte aufgehört zu regnen und die Scheibenwischer quietschten über die trockene Scheibe.
»Ich darf doch wohl wissen, mit wem ich zu tun habe? My car is my castle.«
Sie grinste über ihren müden Witz, machte mir mit ihrem Blick jedoch klar, dass sie die Frage nicht vergessen hatte.
Ich seufzte. »Nein. Stell die Scheibenwischer ab.«
»Du hast keinen Bruder?«
»Verdammt, Tabby!«
»Ich auch nicht. Wollen wir dann mal?«
Plötzlich wollte ich lieber zu Fuß weitergehen, ich hatte die Autotür schon in der Hand, aber da fuhr sie los. Mit einem Riesensatz, voll gegen die Bordsteinkante.
»Hoppla.«
Sie schaltete und setzte ruckelnd ein Stück zurück. Mir war schon schlecht, bevor wir den Parkplatz verlassen hatten.

Sie hießen Ruben, Siemen, Joren und Bram. Sie hatten denselben Schulweg wie ich am Graben entlang: eine zusammengewürfelte Gruppe von Jungen. Man konnte sehen, dass sie nicht einfach so Freunde waren. Man sah es an ihren verschlissenen Hosen; der Jüngste hatte die meisten Flicken. Man sah es an ihren Haaren, geschnitten vom selben Friseur. Man hörte es an den Namen, die sie einander gaben, und ihre dicken Pausenbrote waren mit demselben Käse belegt.
Sie waren nicht einfach so Freunde. Sie waren Brüder.
Ich wartete am Briefkasten, bis sie vorbeikamen, und schloss mich dann an. Alle konnten sehen, dass ich nicht dazugehörte. Nicht

wirklich. Meine Hosen waren zu neu, mein Haar saß anders, mein Brot war dunkler.
Nach der Schule schaute ich ihnen nach, wie sie nach Hause gingen und sich gegenseitig vor die Füße liefen. Mit unsichtbarem Klettband waren sie miteinander verbunden. Ruben gab dem kleinen Bram die Hand. Ein letzter Apfel wurde weitergereicht. Für jeden Bruder ein Bissen.
Ich bekam keinen Bissen und auch keine Hand. Ich ging ins Haus und Anke würde fragen, wie mein Tag war.

Vor der ersten Mautstelle verließ Tabby fest entschlossen die Autobahn, um auf der überfüllten Route Nationale zu landen. Wohnwagen mit Fahrradträgern bildeten eine lange Reihe, Motorräder schlängelten sich im Zickzack zwischen den stehenden Wagen hindurch, voll beladene Autos mit Gepäck auf dem Dach waren auf dem Weg in die Sonne.

Ich sah mir die Karte an und las Namen von Dörfern und Städten, die mir nichts sagten. Wir überquerten Flüsse, die ich nur aus dem Atlas kannte. Unsere Familie fuhr nie in Urlaub. Wir hatten einen Schrebergarten, aber kein Auto. Ab und zu fuhren wir mit dem Zug irgendwohin, aber weiter als bis nach Belgien schafften wir es nicht, ohne dass Hendrik von unserem ökologischen Fußabdruck anfing.

Umständlich versuchte ich, die Karte wieder zusammenzufalten, was Tabby mit einem spöttischen Lachen quittierte.

»Wir fahren einfach der Nase nach, Eppo. Die brauchst du nicht aufzufalten.«

Ihr Sinn für Humor war konstant. All ihre Scherze waren fade und ließen mich nur müde grinsen, während sie übers ganze Gesicht strahlte bei so viel Einfallsreichtum.

»*Tout droit!*«, rief sie und trat das Gaspedal durch, aber ihr Elan blieb schon bald im Stau stecken.

Gegen Abend klarte es auf. Ich kochte Spaghetti auf meinem Gas-

kocher und wir aßen aus einem Topf. Der Campingplatz war überfüllt. Kreischende Kinder rannten um unser Zelt und gingen ihr auf die Nerven.
Tabby wusch ab, ich ging duschen. Ich hatte mir gerade die Haare shampooniert, als kein warmes Wasser mehr kam. Ich hatte keine Münze mehr und wusste, dass nur noch eiskaltes Wasser aus der Dusche fließen würde. Nach einigem Zweifeln, während mein Kopf seltsam knisterte, trat ich schäumend aus der Kabine, um das Shampoo an den Spülbecken unter dem Warmwasserhahn auszuspülen. Tabby lachte mich aus und luchste mir später zwei Euro ab, weil sie kein Kleingeld für die Dusche hatte.
Das »Klein« könnte sie ruhig weglassen, dachte ich und kroch ins Zelt. Erst als sie neben mir lag, schlief ich ein.

Nie zuvor hatte ich mir die Haare in Gesellschaft eines Kängurus gebürstet. Zweier Kängurus, genauer gesagt. Ich weiß nicht, ob das in die Reihe neuer Erfahrungen passte, die ich meinen Eltern zufolge machen würde, aber Tatsache ist: Nie zuvor habe ich mir die Haare in Gesellschaft zweier Kängurus gebürstet. Sie schauten mich an, als machten auch sie gerade neue Erfahrungen. Die Pfoten vor dem Bauch, ihre langen Schwänze im nassen Gras. Die Morgensonne an einem weißen Himmel.

»Darf ich?«

Ich drehte mich um.

»Ich vermisse es.«

»Was vermisst du?«

»Meine langen Haare.«

Die Haarbürste schwebte zweifelnd über meinem Kopf. Sie streckte die Hand danach aus.

»Ich bin ganz vorsichtig.«

Jaja. Das passte wahrlich zu ihr.

Mit sanften, geraden Strichen bürstete sie von der Wurzel bis zu den Spitzen. Das Känguru schaute, als ob es eifersüchtig wäre.

»Warum trägst du sie so lang?«

»Ich lass sie einfach nie schneiden.«

Die Haare auf meinen Armen wollten wohl auch gebürstet werden; ich rieb sie flach und steckte die Hände in die Taschen.

Wir schwiegen und sahen uns die Kängurus an. Wir waren nicht mehr neu für sie und gelangweilt hopsten sie weiter.
»Kängurusteak. Schmeckt gut. Schon mal gegessen?«
»Ich bin Vegetarier.«
»Warum wundert mich das nicht?«
»Weil du dich über nichts wunderst.«
Sie grinste, gab mir die Bürste zurück und fing an, meine Haare zu flechten. Ich schloss die Augen.
»Musst du Anke nicht mal anrufen?« Sie sprach den Namen meiner Mutter mit Nachdruck aus.
»Ich hab kein Handy. Keine Nachrichten, gute Nachrichten, ist die Abmachung. Und du?«
Sie war fertig, ich drehte mich um, sie nickte beifällig.
»Mein Akku ist leer und das ist gut so.«
Wir packten zusammen und fuhren weg.

Tabby?«

»Hm?«

»Das hier ist ein Radweg.«

»Ich bin ein wenig müde, glaub ich.«

»Dann lass uns kurz anhalten …« Noch ehe ich »dahinten« hinzufügen konnte, verließ sie die Straße und hielt auf einem kleinen Seitenweg unter einer großen Pappel an.

»Ich bin in letzter Zeit so unglaublich müde«, sagte sie seufzend.

»Du isst ja auch kaum was, natürlich bist du dann müde.«

»Wenn ich esse, wird mir schlecht.«

»Du rauchst zu viel.«

Sie sah mich vorwurfsvoll an, machte ihren Sicherheitsgurt los und kroch unbeholfen zwischen den Sitzen hindurch auf die Rückbank. Dort rollte sie sich zusammen, den Kopf auf meinem Pulli.

»Ich muss wirklich schlafen«, murmelte sie und schloss die Augen. Einen Moment überlegte ich, sitzen zu bleiben, aber dann stieg ich doch aus.

»Ich bleibe in der Nähe, okay?«

Sie nickte, ohne die Augen zu öffnen.

Ich schloss die Wagentür, reckte mich und schaute mich um.

Der Tod sprang mir über die Hecke ins Gesicht.

Weiße Grabsteine bauten sich reihenweise vor mir auf. Seite an

Seite standen sie in Reih und Glied, wie die Soldaten, die jetzt unter dem kurz gemähten Rasen lagen. Eine schlaffe Fahne der USA hing an einem Mast mitten auf dem Friedhof.
Ich schaute ins Auto, Tabby schlief schon. Ich hatte noch nie jemanden kennengelernt, der so schnell einschlief wie sie. Obwohl ich abends froh war, dass sie endlich den Mund hielt, war es auch schade, dass sie die Dunkelheit im Zelt nicht mit ihrem Geplapper vertrieb. In meinem Kopf war es schon dunkel genug.
Ich schrieb »Bin gleich wieder da« auf einen Zettel, klemmte ihn unter die Scheibenwischer und ging den schmalen Weg hinunter. Erst als ich den Friedhof nicht mehr sehen konnte, entspannte ich mich wieder.
Ich kam an einem alten Schloss mit einem Teich vorbei, an dem zwei Kinder spielten. Ihr Vater, oder der Gärtner, saß mit nacktem Oberkörper auf einem Rasenmäher. In hohem Tempo zog er Bahnen über den Rasen. Bei jedem Ruck am Steuer flog sein dicker Bauch aus der Kurve. Eine mit Moos überzogene Betongans stand unter einem ungepflegten Rosenstrauch.
Ein paar Meter weiter erstreckten sich zu beiden Seiten des Weges endlose Weinberge. Die Trauben waren noch klein und sauer. Ich spuckte die Haut und die Kerne aus und setzte mich ins Gras, das widerspenstig und stachelig war. Die Sonne verschwand hinter einer großen Wolke und plötzlich fanden meine Augen die Ruhe, nach der sie nicht einmal gesucht hatten. Ich zog die Knie hoch und strich gedankenverloren Grassamen von den Halmen, die ich mir vor die Füße streute.
Ein scharfer Schmerz ließ mich zusammenzucken. Aus einem winzigen Schnitt in meinem Zeigefinger trat Blut.

Er war dreizehn. Ich elf.

Er saß neben mir und ich erklärte ihm, wie es ging. Sein Grashalm war zu schmal, ich pflückte einen besseren für ihn.

»Du musst ihn straff halten. So.« Ich zeigte ihm meine Daumen. »Straff halten und dann blasen.«

Eine Elster flog auf, als mein gellender Pfiff ertönte. Sein Grashalm knickte, und als er einen neuen pflückte, schnitt er sich.

»Verdammt.«

»Zeig mal her.«

»Schon gut. Blödes Gras. Ich kann viel lauter, einfach so mit den Fingern.«

Ein großer Spatzenschwarm ließ in Panik den Kirschbaum im Stich.

Er lachte, ließ sich rücklings ins Gras fallen, steckte sich einen Grashalm in den Mund und schloss die Augen.

»Maarten?«

»Hm.«

»Wie ist es eigentlich bei Angela? Ich meine, was macht ihr? Unternehmt ihr was gemeinsam?«

Er blieb liegen, als hätte ich nichts gefragt. Eine Biene summte um seinen Kopf, der Schatten der langen Grashalme zog Linien über sein Gesicht.

Ich wollte meine Frage gerade wiederholen, als er ein Auge öff-

nete. Er nahm den Grashalm aus dem Mund und sagte: »Jetzt bin ich hier, Eppo.«
»Ja, aber … gehst du gern zu ihr?«
»Sie ist meine Mutter.«
Ich seufzte. Maarten konnte unheimlich gut Antworten geben, die gar nicht zur Frage gehörten.
»Ich mag es nicht, wenn du gehen musst.«
Er spuckte den Grashalm aus, stand auf und sagte: »Wenn du dich auf meine Schultern stellst, können wir ganz leicht auf den Baum dort klettern. Sieh nur, wie viele da oben noch hängen.«
Er stützte einen Fuß auf den Zaunpfahl und schwang sich in den Obstgarten.
Ich starrte eine Weile auf meine schmutzigen Zehen und stand auf. Mein T-Shirt riss, als ich unter dem Stacheldraht hindurchkroch, und mein Knie landete in einer Distel.
Einen Moment später stand ich barfuß auf seinen Schultern, den Kopf zwischen den Ästen, und spürte seine Hände fest um meine Fußgelenke. Seine Haare kitzelten meine Waden, sein Ohr drückte gegen meine Beine.
»Hallo, Eppi, wird's noch? Soll ich hier Wurzeln schlagen?«
Ich stellte den Fuß auf einen Ast und erschrak von der rauen Rinde. Wie vorsichtig er mich losließ.

Tabby schlief noch immer. Sie wachte nicht einmal auf, als ich die Autotür zuschlug. Im Wagen war es heiß. Auf ihrer Stirn standen Schweißperlen, ihr Mund war halb offen, die Hände hatte sie zwischen ihre angezogenen Beine geklemmt. Unter ihren geschlossenen Augenlidern bewegten sich die Augäpfel.
Ich konnte nicht glauben, dass ich sie erst drei Tage kannte. Es kam mir viel länger vor.
Im vergangenen Jahr hatte ich Gesellschaft gemieden. In der Schule war ich ein Statist, in der Klasse wurde ich Teil der Kulisse. Den langen Radweg nach Hause legte ich allein zurück. Pim, der früher mit mir zusammen gefahren war, hatte sich einer anderen Gruppe angeschlossen. Ich konnte es ihm nicht übel nehmen, es war okay so.
Und jetzt war sie da. Nicht, dass es half, aber schaden konnte es auch nicht.
Ich musste die Autotür noch zwei Mal zuschlagen, bevor sie wach wurde.

Ich würde gern meine Klamotten waschen«, sagte Tabby und kratzte über den eingetrockneten Schokoladefleck auf ihrem Bauch. Eis essen fand sie schwierig.
»Jetzt schon? Hast du kein sauberes T-Shirt mehr?«
»Ich war ziemlich in Eile, als ich gepackt habe.«
»Ich habe noch genügend.«
»Hm, den Pulli, den du da anhast, würde ich doch mal waschen. Ich fürchte, dass ich gestern im Schlaf ein wenig daraufgesabbelt habe.«
»Puh, danke für die Info.« Ich zog meinen Pulli aus und warf ihn auf die Rückbank. Sie kicherte.

Es roch nach zehn Sorten Waschmittel und nasser Baumwolle. Aus einem Lautsprecher in der Ecke schallte Radioreklame. Eine Frau mit Vogelnestfrisur, einem zu kurzen T-Shirt und knallrosa Zehennägeln in ausgetretenen Badelatschen war schon im Raum. Demonstrativ stellte sie zwei leere Waschkörbe vor die größten Maschinen.
Tabby sah mich bedeutungsvoll an. Wir hatten keine Waschkörbe. Ich schüttete meinen Rucksack aus, Tabby hatte ein paar Plastiktüten.
»Es ist billiger, wenn wir unsere Wäsche zusammen waschen«, sagte ich und fischte ihre Buntwäsche aus den Tüten.

»He, he! Das mache ich schon selbst, ja? Ich bin sicher, dass meine Slips keine Lust haben, sich zwischen deinen dreckigen Unterhosen zu tummeln.«
»Zahlst du, Tabby?«
Ihr Mund wurde schmal. »Also gut. In diese Maschine Kochwäsche, in diese Buntwäsche. Jeder sortiert seine eigenen Sachen.«
Sie schüttete ihre Tüten auf einen großen Tisch aus und fing an. Es dauerte ewig. Als müsste sie sich von jedem Kleidungsstück persönlich verabschieden. Ich stellte mir vor, wie sie ihren Slips zuflüsterte: »Es dauert gar nicht lange, es ist ganz schnell vorbei und danach riecht ihr wieder schön frisch.«
»Warum lachst du so blöde?«
»Nur so«, sagte ich lächelnd und las schon mal die Gebrauchsanweisung. Warum übt man solche Sachen nicht im Französischunterricht? Das Kleingeld in meiner Hand wurde langsam klebrig. »Lessive« hieß »Waschmittel«, so weit war ich schon.
»Du musst ein Gefäß darunterstellen«, sagte Tabby, während sie die beiden Wäschehaufen liebevoll auf dem Tisch auseinanderschob. Links Kochwäsche, rechts Buntwäsche.
Ich hatte kein Gefäß. Nirgends waren Gefäße zu sehen. Die Frau mit den Latschen starrte mich über ihre Zeitschrift hinweg an. Auf dem Cover prangten aufdringliche Buchstaben neben einem lachenden Brautpaar. Über ihnen war ein Riss gemalt, ein schwarzer Blitz.
Schließlich angelte ich einen klebrigen Plastikbecher aus dem Abfalleimer und stellte ihn in den Automaten. Tabby klaubte das Geld aus meiner Faust und steckte die Münzen entschlossen in den Schlitz. Sie rollten ebenso energisch unten wieder raus.

Ich fing sie auf und versuchte es vorsichtiger, aber noch ehe ich die letzte Münze eingeworfen hatte, hielt ich die erste schon wieder in der Hand.
Ich nahm ein anderes Geldstück.
Tabby rieb es an ihrer Hose sauber und hielt den unteren Schlitz zu.
Ich warf erst die großen und dann die kleinen Münzen ein. Dann versetzte Tabby dem Automaten einen Stoß. Das Waschpulver landete zum Teil links neben dem Becher.
Endlich lief die Maschine und einen Moment später saßen wir neben der Frau auf den roten Plastikstühlen und warteten, bis unsere Hintern anfingen zu schwitzen. Tabby sah sich die Bilder in einem französischen Comic-Heft an, während ich stumpfsinnig auf die sich drehende Wäschetrommel starrte. Als ich anfing, mir Sorgen zu machen, weil meine blauen Socken schon eine ganze Weile nicht mehr vor dem Bullauge erschienen waren, beschloss ich, etwas anderes zu tun.
»Bleibst du da? Ich muss mal kurz raus hier.«
Sie nickte, ohne von ihrem Comic aufzuschauen.
Nach dem Mief dort drinnen roch es draußen angenehm sauber. Die stark befahrene Nationalstraße teilte das Dorf in der Mitte. Ein paar Meter weiter stand eine Kirche. Neben dem Waschsalon gab es einen Zeitungskiosk, daneben einen Dönerladen, aus dem laute arabische Musik ertönte. Der Besitzer sang ab und zu ein Wort mit.
Ich hatte keine Ahnung, wo wir waren oder wie weit wir schon gefahren waren. Ich zählte die Tage, mehr nicht. Die Sonne ging auf und wieder unter. Jeden Abend strich ich im Kopf einen Tag

durch. Wieder einer geschafft. Es war fast unwirklich, wie mein Körper einfach weitermachte, als wäre nichts geschehen.
Morgens stieg ich ein und Tabby fuhr los. Wir sprachen nicht darüber, in welche Richtung oder wohin wir fahren würden, wir folgten einfach dieser Straße, immer geradeaus. Wir achteten nicht auf irgendwelche Sehenswürdigkeiten. Ich brauchte nicht mal in meinen Campingführer zu schauen. Wenn wir müde wurden, folgten wir einfach einem der Pfeile, an dem kein Schild mit COMPLET hing. Es war, als hätten wir einander ins Schlepptau genommen und würden davon ausgehen, dass der andere schon wusste, was er tat.
Ich erschrak, hinter mir knarrte die Tür.
»In zwei Minuten ist die Wäsche fertig. Kommst du?«
Unsere Sachen mussten getrocknet und zusammengefaltet werden. Eindeutige, offensichtliche Dinge. Das gefiel mir.
Abends hing der Geruch des Waschsalons im Zelt. Ich träumte von der Frau mit den Badelatschen.

Was liest du eigentlich?«

»Falsch.«

»Wie, falsch?«

»›Was versuchst du zu lesen?‹, das wäre die bessere Frage. Du lässt mich keine Sekunde in Ruhe.«

»Beruhig dich. Ich bin schon still.«

»*Unterwegs*«, gab ich nach und zeigte ihr den Umschlag des Buches, das Hendrik mir zugesteckt hatte, als ich schon fast auf dem Weg war. »Von Jack Kerouac.«

»Worum geht es?«, fragte sie.

»Um eine Bande junger Männer, die durch die Vereinigten Staaten trampen.«

»Oh, so wie wir?«

»Hm, nicht wirklich. Bei ihnen geht es nur um Sex, Drogen und Jazz.«

»Du meinst Rock 'n' Roll.«

»Nein, ich meine Jazz«, sagte ich.

»*Thelma & Louise*. Kennst du die?«

»Nein.«

»Nicht? Das ist doch ein Klassiker!«

»Ich kann nicht alles gelesen haben, Tabby.«

»Das ist kein Buch, das ist ein Film! Aber ein alter, aus den Neunzigerjahren oder so. Er handelt von zwei Frauen, die mit dem

Auto durch die Gegend fahren, aber dann erschießt eine von ihnen einen Mann, weil er versucht, die andere zu vergewaltigen, und ab dann sind sie auf der Flucht. Ein echtes Roadmovie ist das. Ich hab den Film mindestens zehn Mal gesehen.«

»Wir haben keinen Fernseher.«

»Du kannst ihn doch runterladen.«

»Das ist strafbar.«

»Himmel, Eppo. Sei nicht so brav!«

Wir schwiegen eine Weile. Ich gab das Lesen auf und kurbelte das Fenster runter. Es war, als hätte ich einen Backofen geöffnet.

»Du hast keinen, oder?«, fragte sie plötzlich.

Ich sah sie fragend an.

»Einen Computer.«

Ich schüttelte den Kopf. »Ich benutze die in der Schule. Und manchmal gehe ich in die Bibliothek.«

»Du meine Güte! Du kommst echt aus der Steinzeit. Kocht deine Mutter auf dem Holzfeuer? Wohnt ihr in einer Höhle und schlaft ihr unter Bärenfellen?«

Ich sagte lieber nichts über die Gänse, die bei lebendigem Leib gerupft werden, um Daunendecken zu füllen.

»Weißt du, wie viel Energie es verbraucht, eine E-Mail zu versenden? Oder einen Film zu gucken?«

»Noch nicht drüber nachgedacht.«

»Natürlich nicht. Aber mich auslachen, das kannst du. Die Welt geht zugrunde an Leuten wie dir.«

»Nicht übertreiben, Eppi.«

»Nenn mich nicht so!«, sagte ich scharf.

»Warum?«

»Darum, okay? Für dich bin ich Eppo.« Ich hätte mir am liebsten die Zunge abgebissen. Zurecht.

»Oh. Und für wen bist du Eppi?«

»Für niemanden. Niemanden. Hör auf!«

»Ist ja gut. Lies mal ein Stück vor. Was mit Sex oder Drogen, bitte. Jazz sagt mir nichts.«

Ich hatte keine Lust, aber ich hoffte, sie würde dann endlich den Schnabel halten. Erst als ich meine eigene Stimme hörte, wurde mir klar, was ich da machte. Nach fünf Sätzen wurde es mir zu viel und ich klappte das Buch zu.

»Was nun?«

»Ich hab Halsweh. Ein anderes Mal, ja?« Es klang wirklich, als hätte ich einen Frosch im Hals.

Ich wusste wieder, warum ich in den letzten Monaten nichts getan hatte. Ich versteckte meine zittrigen Hände unter meinen Beinen und tat, als würde ich schlafen.

Ich schrak auf, weil etwas gegen unsere Zimmertür knallte. Das Buch, in dem er gelesen hatte, fiel aufgeschlagen auf den Fußboden.

»Was machst du denn da?«

»Dieses Scheißbuch muss ich bis Montag ausgelesen haben. Ich hatte letztes Mal schon eine Sechs, weil meine Buchbesprechung nicht fertig war.«

Ich legte mein Vokabelheft zur Seite und hob das Buch auf.

Ich hatte es schon gelesen. Es war gut.

»Bis wo bist du gekommen?«

»Keine Ahnung. Was interessiert mich dieses Scheißbuch!«

»Komm, Maarten, sag schon.«

»Das Mädchen hat gerade entdeckt, dass ihr toter Bruder auf dem Foto ist«, antwortete er widerwillig.

Ich suchte die Stelle und setzte mich neben ihn aufs Bett.

»Was hast du vor?«

»Halt den Mund und hör zu«, sagte ich und ich las vor.

Nach drei Sätzen unterbrach er mich.

»Hör auf, Eppi. Ich bin kein kleines Kind.«

»Was hat das denn damit zu tun? Willst du unbedingt noch eine Sechs? Lesen ist nun mal nicht dein Ding.« Das Wort »Lese-Rechtschreib-Schwäche« vermied ich in seinem Beisein tunlichst.

Er atmete lautstark aus und zog ein gelangweiltes Gesicht, während ich weiterlas. Er schubste gegen meine Schulter, trat gegen meine Füße und seufzte unüberhörbar. Erst als ich ein paar Absätze weiter war, wurde er ruhig. Ich spürte, wie sich sein Körper neben mir entspannte. Einen Moment dachte ich, er sei eingeschlafen, aber als ich aufhörte, flüsterte er: »Mach weiter.«

Ich las drei Kapitel. Und am nächsten Morgen noch zwei. Am Abend bat er selbst darum. Ich weiß nicht, wie viele Bücher ich vorgelesen habe. Dutzende. Allmählich gehörte das Vorlesen zu seinen Wochenenden wie die Wäsche, die er mitbrachte.

Schläfst du?«

Mit geschlossenen Augen schüttelte ich den Kopf. Sie hatte es geschafft, fünf Minuten lang nichts zu sagen.

»Woran denkst du?«

»An nichts.«

»Glaub ich dir.«

Ich machte die Augen auf und sah sie an. »Wie meinst du das?«

»So, wie ich's sage. Ich glaube es. Du kommst mir so leer vor, Eppo. Du lachst fast nie. Nein … wenn ich es mir recht überlege … du lachst nie.«

»Vielleicht gibt's nichts zu lachen?«

»Sollen wir kurz anhalten?«

»Gut.«

Sie bog von der breiten Straße ab, wir fuhren einen Hügel hinauf und dann wieder hinab. Im Tal strömte ein kleiner Fluss quer über die Straße. Oder die Straße führte durch den Fluss, je nachdem, wie man es betrachtete.

»Nun sieh dir das an! Sollen wir etwa da durchfahren?«

Ein großer Jeep, der sich von der anderen Seite näherte, gab die spritzende Antwort.

»Nein. Das geht mit diesem Auto nicht. Komm, wir halten hier an.« Sie parkte den Wagen am Straßenrand. Wir nahmen das Brot, das wir gekauft hatten, und setzten uns ans Ufer.

Man spürte den kühlen Fluss bis hierher. Tabby zog ihre Sandalen aus und stellte sich ins Wasser. Kleine Fische schossen wild hin und her.
»Kalt!« Mühsam balancierte sie über die glatten Steine bis zu dem großen Felsen in der Flussmitte und setzte sich dorthin.
»Mmmh, Ferien«, sagte sie, rollte ihre Shorts so weit wie möglich auf, fischte das Feuerzeug aus der Tasche und steckte sich eine Zigarette an. Wir aßen Brot, von dem ich den Fischen winzige Bröckchen zuwarf, nach denen sie gierig schnappten.
Einen Moment später fand sie ihn. Den Stuhl. Er stand schräg im Wasser, unter einem herabhängenden Strauch. Ein Bein war zwischen die großen Steine geklemmt. Die Unterseite war ganz grün, so lange hatte er im Wasser gestanden. Es war ein hässlicher, weißer Gartenstuhl aus Metall, aber sie machte ihn los und bestand darauf, ihn mitzunehmen.
»Das ist doch praktisch auf dem Campingplatz. Ich mag nicht immer auf dem Boden sitzen.«
»Vielleicht gehört er einem Fischer, der jeden Tag herkommt«, sagte ich.
»Was man findet, darf man behalten. Ich habe noch ein Seil im Auto, das müsste gehen.«

Ich schreckte auf, als die Benzinpumpe stoppte, schraubte den Deckel wieder auf den Tank und schaute nach, wo Tabby blieb. Einem Reklameschild über dem Eingang war es zu warm zum Kreiseln. Es schaffte es immer nur bis zur Hälfte und drehte sich dann zurück. Das Bier am Eingang wurde lau. Der Vater der Kinder mit dem Eis wurde wütend. Ich hörte ihn rumbrüllen.

Eilig kam sie aus dem Laden. Ihre Haut verströmte Kälte. Sie hatte nicht nach einer Tüte gefragt und ihr T-Shirt beulte sich aus.
»Steh nicht so blöd da!«
»Das ist Diebstahl«, sagte ich, während sie die Autotür öffnete. Die Hitze des Asphalts drang durch meine Schuhsohlen.
»Das ist einfach nicht bezahlen«, sagte sie, über das Autodach hinweg.
»Und das ist nicht dasselbe?«
»Nein. Ich würde ja bezahlen, wenn ich Geld hätte. Aber ich habe keins.«
»Ich habe Geld. Warum hast du mich nicht gefragt?«
»Ich will nichts von dir.«
»Seit wann?«
Sie zuckte die Schultern, riss einen Schokoriegel auf, nahm einen Bissen und stieg ein.
Ich hatte so was von genug von ihr, aber mein Rucksack lag noch im Auto und sie würde es fertigbringen, einfach loszufahren. Ohne mich.
»Einsteigen und Mund halten«, sagte sie und startete den Motor. An ihren Lippen klebte Schokolade.
Sie fuhr ab, noch bevor ich beide Füße im Auto hatte.

Es war knallheiß im Wagen und auf der Straße war jede Menge los. Tabby schmollte noch immer. Der trockene Fahrtwind reizte meine Augen, aber es war zu warm, um mit geschlossenen Fenstern zu fahren. Alle paar Meter standen wir. Laut knatternd überholten uns stinkende Mopeds, überall hing der Geruch von Diesel und heißem Asphalt.

»Du kannst mich im nächsten Dorf absetzen.«

Sie schaute kurz zur Seite und knallte dadurch fast auf das Auto vor uns, das plötzlich bremste, weil ein Traktor über die Straße fuhr.

»Mensch! Du Arsch! Pass gefälligst auf, ja!« Sie hupte ein paarmal und schaute jetzt noch wütender.

»Tabby?«

»Ich hab's gehört. Im nächsten Dorf.«

Draußen Obststände, Tankstellen, liegen gebliebene Wohnwagen und Sonnenblumenfelder. Drinnen eine bleierne Stille.

»Warum?«

»Warum was?«

»Was hast du vor?«

»Mir nettere Gesellschaft suchen.«

»Viel Erfolg.«

Sie hielt an einer Schule an – der Schulhof war verlassen, ein kaputter Ball lag in einer Ecke, hinter den Fenstern verblichene Kinderzeichnungen.

Da saßen wir also. Sie machte den Motor nicht aus.

»Du hast mit der dummen Frage angefangen, Tabby.«

»Welcher Frage?«

»Über Freundinnen und so.«

»Ja und?«

»Ist es denn nötig, den ganzen Tag wütend zu bleiben, bloß weil ich den Namen ›Rob‹ ausgesprochen habe?«

»Ich bin nicht wütend auf dich.«

»Ach nein? Was soll das große Schweigen denn dann bedeuten?«

»Ich bin wütend auf ihn.«

»Auf Rob?«
»Könntest du bitte aufhören, über ihn zu reden?«
»Was hat dieser Rob denn getan?«
»Zieh Leine, Eppo!«
»Was?«
»Hau ab!«
»Genau das hatte ich vor!«
»Und was machst du dann verdammt noch mal noch hier? Raus aus meinem Auto! Sofort!«
Ich stieg aus, schlug die Wagentür zu, öffnete den Kofferraum und nahm meinen Rucksack. Im Rückspiegel sah ich ihre vor Wut funkelnden Augen. Ich ging um das Auto herum und bückte mich vor das offene Fenster, genau wie vor ein paar Tagen, als ich sie zum ersten Mal gesehen hatte.
»Rob. Rob. Rob! Viel Spaß zusammen! Und vielen Dank noch.«
Sie gab Gas und fuhr hupend auf die Straße, wobei sie einem Radfahrer den Weg abschnitt, der fluchend auf dem Seitenstreifen landete.
Ich schaute ihr nach und war froh, sie los zu sein.
Jedenfalls die erste halbe Stunde.
Die Lust aufs Trampen war mir gründlich vergangen, also beschloss ich, eine Weile zu Fuß zu gehen. Die große Straße wurde mir bald zu stressig und ich bog in einen Feldweg. Das Verkehrsgetöse verlor sich im Hintergrund. Die Sonne stand tief und ich schaute auf meine Füße, die Staub aufwirbelten. Grillen hüpften vor meinen Schuhen davon, eine Eidechse saß auf einem warmen Felsen, die kleinen Lider geschlossen. Es gab nur noch diese Füße. Meine Füße. Und es war, als würde mein Rucksack mit jedem

Schritt schwerer. Ich klickte den Brustgurt auf, aber das beklemmende Gefühl blieb.
Der Graben am Wegrand war trocken, das Gras war warm und zart, niemand würde mich so sehen. Fliegen umschwirrten meinen Kopf, als wäre ich schon tot.
Alles, woran ich nicht denken wollte, kam in rasendem Tempo auf mich zu, und so klein ich mich auch machte, es fand mich trotzdem und zerschmetterte mich.

Jeden Freitag strengte ich mich ungeheuer an: Ich wollte mir nicht anmerken lassen, dass ich schon den ganzen Nachmittag auf ihn wartete, sondern wirken wie die Gleichgültigkeit in Person.

»Hey, Eppo.« Er kam ins Wohnzimmer und schmiss seine Reisetasche in die Ecke.

»Hey.« Ich starrte noch kurz in mein Buch und wartete auf den Knuff.

Dieses Mal gegen meinen Rücken. Ich sah auf.

Er machte eine kleine Kopfbewegung zur Treppe. »Komm.«

Anke kam mit einem Stapel Teller ins Zimmer.

»Jungs, wir können essen, helft mir mal eben. Und, Maarten … deine Wäsche.«

»In meiner Tasche.«

»Du weißt, wo sie hingehört.«

Er verdrehte die Augen, schleifte seine Tasche über den Fußboden zur Waschmaschine in die Küche und lief Anke dort vor den Füßen herum.

»Wie war's in der Schule?«, fragte Hendrik, als wir am Tisch saßen.

»Wie immer. Scheiße.«

Und er erzählte all die Sachen, die er in der vergangenen Woche ausgefressen hatte: Heimlich in den Toiletten gekifft, einem Lehrer ein Bein gestellt, einem Vollidioten in die Brotdose gepinkelt, über die Schulmauer geklettert, um es im Mädchenheim mal richtig knallen zu lassen.

Ich hasste das, aber er konnte es nicht lassen. Er benahm sich, wie von ihm erwartet wurde. Schließlich hatte er einen Ruf zu verteidigen. Er war asozial und wohnte im Heim, weil seine Mutter drogensüchtig war. Er sah mich keinen Moment an, spielte mit seinem Essen rum und fragte, ob er auch ein Bier haben könne, er sei doch schon fünfzehn.

Nach dem Abwasch konnten wir uns endlich nach oben verziehen.

Er setzte sich auf die Matratze, den Rücken gegen das Bett. Ich lehnte an der Fensterbank. Langsam löste er die Schnürsenkel seiner schwarzen Springerstiefel und je lockerer seine Schuhe saßen, desto lockerer wurde er selbst. Und kleiner.

Ich beobachtete es jede Woche und jedes Mal wunderte ich mich darüber, wie der eine Maarten gegen den anderen ausgetauscht wurde.

Er trat sich die Stiefel von den Füßen und rieb sich die Falte aus den Augenbrauen. Seine Muskeln entspannten sich, als er sein T-Shirt mit dem Aufdruck irgendeiner Heavy-Metal-Band über den Kopf zog. Mit beiden Händen strich er sich über die kurz geschorenen Haare und zog ein graues Sweatshirt an.

»Hilfst du mir mal?«, fragte er und streckte mir beide Füße entgegen. Ich zerrte an den engen Hosenbeinen seiner Jeans und fiel um. Wir lachten und ich setzte mich neben ihn, während er eine Jogginghose anzog.

»Wie war's?«, fragte ich.

»Scheiße«, sagte er, aber so großkotzig dieses Wort am Tisch geklungen hatte, so niedergeschlagen klang es jetzt.
Raue Schale, weicher Kern. So war er, mein Wochenendbruder.

Ein Kind reichte, fanden meine Eltern. Hendrik hätte es noch besser gefunden, gar keins zu bekommen, er wollte nicht zur Überbevölkerung beitragen, die unseren Planeten langsam, aber sicher zugrunde richtete. Aber Anke hatte nicht umsonst Brüste, sagte sie, also kam ich.
Während eines unserer wöchentlichen Gespräche am runden Tisch, ich war zehn, erzählten sie mir, nicht alle Kinder hätten das Glück, in Geborgenheit aufzuwachsen. So einem Kind wollten sie helfen. Wenn ich damit einverstanden wäre, würde ab jetzt jedes Wochenende ein Junge zu Besuch kommen. Er war zwei Jahre älter als ich, lebte unter der Woche im Heim und es war besser, er fuhr am Wochenende nicht nach Hause.
»Warum denn nicht?«, fragte ich.
»Weil seine Mutter nicht für ihn sorgen kann. Sie muss erst lernen, für sich selbst zu sorgen.«
Mir kam es ziemlich seltsam vor, eine erwachsene Frau, die nicht mal für sich selbst sorgen konnte, aber mir war alles recht. Ich hatte mir schon immer einen Bruder gewünscht.
»Wie lange bleibt er?«
»So lange es nötig ist.«
Aber er ging eher.
Und die Leere, die er hinterließ, konnte nichts und niemand füllen.

Als ich aufwachte, war es kalt und dunkel. Das Gras war nass, meine Kleidung klamm. Ich richtete mich auf und spähte in die Ferne. Ab und zu sah ich die Scheinwerfer eines Autos, aber ansonsten war es stockfinster. Ich hatte das Gefühl, nicht allein hier zu sein, als hielte ich das Versteck eines Tieres besetzt, und ich stand auf. Ich hatte Durst und Hunger. Bestimmt wäre es besser, zurück zur großen Straße zu gehen. Ich nahm die Taschenlampe aus dem Rucksack und leuchtete auf meine Armbanduhr. Viertel vor fünf. Bald würde es hell.

Als ich im Dorf angekommen war, ging ich erst zu der Schule und starrte eine Weile auf die Stelle, an der ihr Auto gestanden hatte, als würde sie wieder dort auftauchen, wenn ich nur lange genug wartete.

Es dauerte noch drei Stunden, bis der Bäcker öffnete. Zeit, die ich auf einer Bank neben einem plätschernden Brunnen verbrachte. Von dem Geräusch musste ich pinkeln.

Das Dorf war verlassen und still. Eine Katze drückte sich gegen meine Beine, Tauben stritten sich um eine vergessene Brotkrume. Ich wollte nach Hause. Die Welt war überhaupt nicht spannend. Und alles, was mich zu Hause verrückt gemacht hatte, hatte ich mit auf die Reise genommen. Könnte ich meinen Kopf nur einen Moment abschrauben. Einen Moment nur.

Ich kaufte ein Baguette und aß die Hälfte sofort auf. Ein britisches

Ehepaar in einem Mietwagen nahm mich ein Stück mit. Der Mann suchte ständig auf der falschen Seite den Schaltknüppel, worüber die Frau jedes Mal übertrieben lachte und sich dann zu mir umschaute, ob ich es auch so lustig fand. Das fand ich nicht.
»Ich muss hier schon wieder raus«, log ich. Sie winkten mir nach.
Die Brücke war hoch, man konnte den Grund der Schlucht nicht sehen. Autos rasten an mir vorbei. Der Gehweg war schmal, ein Lastwagen hupte. Ich schauderte in dem schneidenden Wind, aber so kalt wie mir von innen war, konnte es draußen gar nicht werden.
Ich blieb stehen und schaute über das Geländer, die Hände um das kalte Metall geklammert.
»Mach keine Dummheiten, Eppo«, hatte Anke gesagt. »Mach keine Dummheiten.«
Das musste sie gerade sagen. Was für eine Idee, ein Pflegekind aufzunehmen. Reichte ich ihr etwa nicht?
Der Wind schnitt mir den Atem ab, die Höhe machte mich schwindlig. Bremsen quietschten und ich drehte mich um.
»Steig ein, Eppo!«
Sie beugte sich über den Beifahrersitz und öffnete die Autotür.
»An deiner Stelle würde ich erst mal so ein Gummiseil anlegen.«
Sie stieg aus, ging um das Auto herum und half mir mit meinem Rucksack. Dann legte sie mir die Hand auf den Kopf und drückte mich wie in amerikanischen Filmen auf den Sitz, als wäre ich festgenommen worden.
Der Wind hatte mich mürbe gemacht, ich trocknete meine Augen und starrte vor mich hin. Erst als wir die Brücke hinter uns hatten, sagte sie etwas.

»Weißt du, ich bin ganz schnell zurückgekommen. Aber du warst weg. Verschwunden. Ich hatte Angst, du wärst weitergetrampt. Ich habe im Auto geschlafen, und gerade als ich dachte, ich würde dich nie wiedersehen, warst du da.«

»Es tut mir leid, Tabby. Es tut mir leid, dass ich immer wieder von Rob angefangen habe, obwohl du das nicht wolltest.«

»Schon gut.«

»Manchmal tut reden so weh, dass man lieber nichts sagt. Und sogar das scheuert einen kaputt von innen.«

Plötzlich gab es draußen jede Menge Interessantes zu sehen.

»Du bist wohl auch ziemlich wütend auf jemanden?«

Meine Schultern krochen rauf bis zu meinen Ohren. Sie sah, dass es »Ja« bedeutete.

»Auf wen denn?«

Ich kurbelte das Fenster herunter. »Meinen besten Freund.«

»Was hat er getan?«

Ich wandte den Blick nicht von der Straße, die weißen Streifen schossen unter dem Wagen hinweg.

»Er ist gestorben.«

Ich zeigte ihm die Bettlade, die Anke und ich am Nachmittag hergerichtet hatten. Wir hatten alle Comic-Hefte und andere Sachen ausgeräumt und eine Matratze hineingelegt und bezogen.

»Da soll ich schlafen?«

Ich nickte.

»Ich nehme das Bett«, sagte er entschlossen und ließ seine Tasche auf das Fußende fallen.

»Aber ... da schlafe ich.«

»Jetzt nicht mehr.«

Ich war verblüfft. Schaute zu, wie er seine Schuhe abstreifte und mit einem triumphierenden Grinsen mein Bett in Beschlag nahm.

»Verpetzt du mich?«

Ich schüttelte den Kopf.

»Gut. Verräter müssen büßen.« Und er demonstrierte mit beiden Händen um seinen Hals, wie ich erst rot anlaufen und schließlich mit aus dem Mund hängender Zunge abnibbeln würde.

Es sah witzig aus, ich lachte.

»Ist das lustig? Warte nur, bis du meine Hände wirklich um deinen feinen Nacken spürst.«

Ich verstand es nicht. Warum tat er so gemein?

»Warum krieg ich nicht das andere Zimmer? Stattdessen rückt mir hier so ein zehnjähriger Knirps auf die Pelle.«

»Das ist Hendriks Atelier, da malt er.«

»Malen? Er ist doch Vorarbeiter?«

»Ja, auch. Malen ist sein Hobby. Mir gefällt es, wenn du hier schläfst«, sagte ich und hob die Schultern. »Allein sein ist auch nicht das Wahre.«

»Glaub mir, du wirst dich ganz schnell nach der Zeit zurücksehnen, als du allein warst.«

Das glaubte ich überhaupt nicht.

»Ich komme von der Familie Gerritsen. Die hatten vielleicht eine Zicke von Tochter! Die wurde gleich hysterisch, als ich mal gefühlt habe, ob ihre Minititten schon gewachsen waren, während ich weg war. Zwei Monate.

Und bei Kosters waren Zwillinge. Zwei vierjährige Mädchen. Ich konnte sie nicht auseinanderhalten. Die Mutter fand es niedlich, sie genau gleich anzuziehen; es war, als würde ich den ganzen Tag doppelt sehen. Sie kriegte fast einen Herzinfarkt, als ich das Problem löste, indem ich eine von beiden kahl rasierte. Statt sich bei mir zu bedanken, flog ich raus. Vier Monate. Also, wie lange?«

»Wie lange was?«

»Wie lange gibst du mir? Bei den Aafjes bin ich dreizehn Monate geblieben. Ein Rekord. Zwei alte Leute ohne Kinder. So alt, dass sie die Hälfte der Zeit nicht mal gemerkt haben, dass ich überhaupt nicht in dem Scheißzimmer da oben saß. Erst als Opas Kontostand immer mehr in den Keller ging, fingen sie allmählich an, etwas zu ahnen. Wer hebt die Geheimzahl seiner Bankkarte bloß in der Küchenschublade auf? Der will ja geradezu beklaut werden! Also, was schätzt du?«

»Warum solltest du weggehen?«, fragte ich. »Du bist gerade erst gekommen.«

»Ich geh nirgends hin. Sie schicken mich weg, das machen sie! All diese Weltverbesserer mit zu viel Zeit und Geld. Denken, sie könnten dem Sohn einer Junkiemutter Manieren beibringen.« Er schlug die Hände zusammen, richtete die Augen zur Decke und sagte mit brüchiger Stimme: »Ogottogottogott, der arme Junge. Bei uns bekommt er Liebe und jeden Tag eine gesunde Mahlzeit.«

Ich lachte wieder. Er war witzig.

»War das Frau Aafjes?«

Er nickte und versuchte, nicht zu lächeln.

Nach einem kurzen Klopfen kam Anke ins Zimmer.

»Und ... hat Eppo dir alles erklärt?«

»Maarten schläft lieber hier, ich nehme dann die Matratze«, sagte ich schnell.

»Wenn ihr das so abgemacht habt, ist das in Ordnung. Kommt ihr gleich noch runter, einen Becher warme Milch trinken? Davon schläft man gut.«

Die Tür war kaum zu und Maarten ließ ein spöttisches »Pffff« ertönen.

»Warme Milch. Im Ernst? Vier Monate. Höchstens.«

Ich schaute und ich sah es. Wie viel Angst er hatte. Das großtuerische Gehabe umhüllte seinen Körper wie eine zu weite Jacke. Mitten in der Nacht hörte ich unterdrücktes Schluchzen aus meinem Bett. Da wusste ich es sicher. Er war allein, genau wie ich. Wir gehörten zusammen.

Ich hatte einen Bruder. Einen echten. Einen echten, großen Bruder. Einen Bruder, der meine Spardose plünderte, Chaos in meinem Zimmer veranstaltete, stinkende Furze ließ und dabei lachte.

Einen Bruder, der schummelte beim Damespielen, mir hinter der Gartenlaube eine Zigarette zusteckte und mir beibrachte, wie ich ohne Zündschlüssel ein Moped starten konnte. Ich machte seine Hausaufgaben, verschaffte ihm Alibis für all die Male, die er sich heimlich aus dem Haus schlich. Nachts lauschte ich seinen Atemzügen. »Hier«, sagte er eines Tages und warf mir eine Hose zu. »Die ist mir zu klein.«

Ich trug keine andere mehr.

»Wie ist es passiert?«, fragte Tabby.

Ich schüttelte den Kopf.

»Okay, ich versteh schon. Wir reden nicht darüber, ja?«

Ich war froh, dass sie zurückgekommen war. Auch wenn ich sie nicht so richtig kannte; wir waren inzwischen einigermaßen aufeinander eingespielt, was meinem Tag eine gewisse Struktur verlieh. Die Zeit allein, gestern, hatte mir nicht wirklich gutgetan. Das hier konnte ich: neben ihr im Auto sitzen, das schaffte mein betäubtes Ich.

Tabby winkte dem Campingplatzbesitzer kurz zu, der den Schlagbaum für uns öffnete, und fuhr wieder auf die Straße.

»Ich bin so froh, dass wir hier weg sind. Hast du die Leute neben uns gesehen, mit diesem Riesenwohnwagen? Die haben uns die ganze Zeit nicht aus den Augen gelassen. Ich habe mich richtig unwohl gefühlt. Bestimmt taten wir ihnen leid mit unserem kleinen Zelt. Was die nicht alles dabeihatten! Und der Mann hat keinen Finger gerührt, während die Frau den ganzen Tag rumrannte. Sie brachte ihm sogar seine Pantoffeln! Hast du das gesehen? Als sie den Teppich vor dem Vorzelt ausbürstete … das ist doch irrsinnig! Ich glaube, die hatten sogar eine kleine Spülmaschine … puh … die können doch genauso gut zu Hause bleiben! Und dieser Campingsupermarkt war auch viel zu teuer. Die profitieren natürlich davon, dass man hier weit und breit nichts kaufen kann. Die reinsten Wucherpreise – was hast du noch mal für das Apfelmus bezahlt? Unverschämt viel, weißt du noch?«

Tabby. Ich hab ja schon gesagt, dass sie nie den Mund hielt. Geschnatter dieser Art musste ich mir den ganzen Tag anhören. Es lohnt sich echt nicht, es aufzuschreiben.

Allmählich bekam ich Übung darin, ihr Geschwätz in den Hintergrund zu schieben, es auf eine Art Summen in meinen Ohren zu reduzieren. Es war ihr egal, ob ich reagierte oder nicht. Der

Moment, in dem sie schwieg, verursachte daher einen ohrenbetäubenden Lärm.
»Was ist los?«, fragte ich.
»Ich will eine Zigarette.«
»Ja und?«
»Ich muss mit dem Rauchen aufhören. Es wäre wirklich besser, ich würde es lassen.«
»Das sage ich doch schon die ganze Zeit.«
»Ja, klar weiß ich, dass es ungesund ist, aber jetzt … Ich muss wirklich damit aufhören. Das hatte ich sogar schon, weißt du? Ich habe es zwei Monate ausgehalten, bis vor ein paar Tagen, als ich losfuhr. Ich war so nervös …«
»Gib mir dein Päckchen.«
»Sie sind alle. Ich habe gerade eben die letzte geraucht.«
»Umso besser. Dann kaufst du einfach keine neuen mehr.«
»Ja. Gut.«
Ich sah, dass sie das Lenkrad umklammerte. Sie presste die Lippen zusammen, so lange und so fest, dass ich fast hoffte, sie würde wieder anfangen zu plappern. Plötzlich ließ sie die Luft zischend aus ihrem Mund entweichen.
»Das schaffe ich nie, Eppo.«
»Doch. Natürlich schaffst du das.«
»Ich krieg schlechte Laune. Irre schlechte Laune. Ich spüre es. Ich kann nicht für die Folgen garantieren, ich habe jetzt schon Lust, mit Sachen um mich zu werfen.«
»Egal. In der Hinsicht bin ich so einiges gewöhnt.«
Sie lachte kurz. »Sorry, Eppo. Aber das glaube ich nicht.«
»Kannst du aber ruhig.«

Maarten? Ich frage jetzt zum letzten Mal. Du weißt, dass ich es noch viel schlimmer finde, wenn du lügst. Hast du das Geld genommen?«

Anke schaute wieder in ihr Portemonnaie, als könnte das Geld jeden Moment wieder auftauchen.

»Eppos Spardose war leer. Ich habe Geld gebraucht. Gibst du jetzt endlich Ruhe?«

»Warum fragst du uns nicht? Das ist Stehlen. Ich will keine Diebe in meinem Haus.«

»Dann wirfst du mich doch raus? Da wärst du nicht die Erste. Mir doch egal.«

Ich musste mir auf die Lippe beißen, um nicht aufzuschreien. Was sagte er da?

»Wir werfen dich nicht raus. Aber nächstes Wochenende bleibst du im Heim.«

»Anke, nein!«

Das war ich. Er sagte nichts. Natürlich sagte er nichts. Er würde doch nicht zugeben, wie schlimm er das fand. Gleichgültigkeit war sein Markenzeichen. Sein Panzer durfte keine Risse bekommen, also zuckte er die Schultern und biss die Zähne zusammen.

»Von mir aus. Dann brauchst du das Wochenende drauf auch nicht mit mir zu rechnen. Ich bleib genauso gern dort.«

»Jetzt hör doch auf, Maarten! Anke, das meint er nicht so.«

»Und ob ich das so meine! Hör du doch selbst auf, du Schlappschwanz.« Und er versetzte mir einen festen Stoß, wodurch ich gegen den Tisch fiel und meine Augenbraue aufplatzte, was er mit einem übertriebenen Lachen kommentierte.

»Maarten, bitte. Das ist nicht zum Lachen!«, rief Anke. Sie half mir auf und drückte ein Taschentuch gegen die Wunde.

»Nein, und das hier ist auch nicht zum Lachen«, sagte er und warf die Vase auf der Kommode um. »Und das hier auch nicht. Und das und das.« Er zog jeden Stuhl einzeln unter dem Tisch hervor und warf ihn quer durch den Raum. »Zum Heulen ist es. Findet ihr nicht auch? Huhuhu!« Er trat die große Zimmerlinde um und schaufelte die Bücher mit beiden Armen aus dem Bücherregal.

Anke und ich standen wie erstarrt da und sahen zu. Er flippte völlig aus.

»Hör auf!«, brüllte ich. »Maarten! Hör doch auf!« Ich fasste ihn am T-Shirt und zog ihn zurück. Er drehte sich um und schlug mir ins Gesicht.

»Das kann ich nicht!«, schrie er und rannte durch die Küche nach draußen, wo es in Strömen regnete. Die Tür ließ er sperrangelweit offen stehen.

Anke ließ sich aufs Sofa fallen und ich erinnere mich noch daran, wie gut der nasse Garten roch und wie meine Wange langsam warm wurde.

»Stimmt das, Eppo? Das mit deiner Sparbüchse? Allmählich bekomme ich das Gefühl, dass du derjenige bist, der in dieser ganzen Situation den Kürzeren zieht.«

Ich zuckte die Schultern und schaute auf die Tropfen, die durch die offene Tür dunkle Spritzer auf den grauen Küchenfliesen hinterließen.

»Eppo, sieh mich an.«

Langsam drehte ich mich um. Meine Mutter sah müde aus. »Wir müssen deine Wunde desinfizieren.«

»Du bestrafst mich auch. Jetzt sitze ich hier nächstes Wochenende wieder allein rum. Verstehst du das?«, fragte ich. »Und ich hab verdammt noch mal nichts getan.«

»Deshalb brauchst du nicht zu fluchen. Ich verstehe, dass du wütend bist. Du hast ganz recht. Aber Maarten muss lernen, dass sein schlechtes Benehmen Konsequenzen hat. Ich finde es schön zu sehen, wie du zu ihm hältst, aber es gibt Grenzen, mein Junge.«

Sie stand auf und stellte die Zimmerlinde wieder hin, hob einen Stuhl auf, legte eine Scherbe auf die Kommode.

»Ich suche ihn.« Auch ich zog die Tür nicht zu.

Wie eine nasse Katze saß er unter dem Vordach des Schafstalls von unserem Nachbarn, zitternd vor Kälte.

»Was willst du? Geh weg.«

Ich setzte mich neben ihn und zog die Knie an, um trocken zu bleiben.

»Hast du Tomaten auf den Ohren? Verschwinde!«

»Dreizehn Monate«, sagte ich leise, den Kopf zwischen den Knien.

»Was sagst du?«

»Dreizehn Monate. Nicht vier.«

Langsam drehte ich den Kopf, schaute in seine grauen Augen.

»Was schwafelst du da? Hau ab!«

»Du bist seit dreizehn Monaten bei uns. Fast hättest du den Re-

kord von den Aafjes gebrochen, aber du vermasselst es kurz vorher doch noch.«
In diesem Moment wich die Wut der Angst. Ich sah es, auch wenn ich es nicht sehen sollte.
»Was hat Anke denn gesagt?«
»Sie findet, dass du einen schlechten Einfluss auf mich hast.«
»Erzähl mir mal was Neues.«
»Was gibt's hiernach noch? Die Jugendanstalt, oder?«
Maarten stand auf und stellte sich in den strömenden Regen. Er dachte, dann würde ich seine Tränen nicht sehen. Aber es war anders nass und Augen lügen nicht.
»Wir geben das Geld zurück«, sagte ich.
»Wir?«
»Wir.«

Ich hatte das Schild schon am Eingang gesehen, als Tabby auf das Gelände gefahren war, aber ich hatte gewartet, bis unser Zelt richtig stand, die Luftmatratze aufgepumpt war und ihre schlechte Laune sich verzogen hatte.

»Was wolltest du mir eigentlich da gerade eben zeigen?«, fragte sie, als wir vor dem kleinen Restaurant standen.

»Das hier«, sagte ich und zeigte auf das Schild.

»Oh nein, no way!«

»Und ob, Tabby, das geht nicht länger so. Ich zahl gern die Hälfte vom Benzin, aber ich bezahle schon seit einer Woche alles. Findest du das normal?«

Sie sah mich wütend an und las nochmals das Schild, auf dem in großen Blockbuchstaben dringend eine Wochenendaushilfe gesucht wurde. Ab sofort.

»Ich habe Geld, weißt du. Bloß kann ich da gerade nicht ran«, meinte sie.

»Das ist mir egal, Tabby. Dann hast du ein Problem. Und das hier ist eine Lösung.«

Sie seufzte tief. »Also gut. Unter einer Bedingung: Du hilfst auch.«

Ehe ich protestieren konnte, zerrte sie mich mit rein, wo sie in ihrem besten Französisch erklärte, dass wir dieses Wochenende aushelfen wollten. Der Chef antwortete mürrisch, er suche jemanden für den ganzen Sommer, aber als Tabby gehen wollte, stimmte er doch schnell zu.

Er reichte Tabby eine Schürze und schob sie nach draußen, sie sollte Bestellungen aufnehmen. Ich wurde neben einen pickeligen Jungen gestellt, um abzuwaschen.

»*Bonjour, je m'apelle Eppo*«, sagte ich und ich reichte ihm die Hand.

»Dylan«, antwortete er, ohne die Hände aus dem Spülwasser zu nehmen.

Ich erstarrte beim Hören seines Namens. Ganz kurz nur. Trotzdem musste ich den ganzen Abend an diesen Tag denken.

Wir saßen zusammen am Kai, Schulter an Schulter, und ließen die Füße baumeln. Erst hatten wir zugesehen, wie ein Schiff entladen wurde, danach hatten wir um die Wette einen Slalom um die Poller herum veranstaltet. Wir schmissen die Räder gegen die Wand der Fischhalle und setzten uns ans Wasser. Gemeinsam schweigen reichte uns. Wir gingen nie zum Park, zum Fußballplatz oder zum Einkaufszentrum. Trotzdem begegneten wir an diesem Tag jemandem, den er kannte.

»He, Maarten.«

Wie von der Tarantel gestochen sprang er auf, so weit wie möglich weg von mir.

»He, Dylan.«

Ich schaute mich um. Gleiches Shirt, gleiche Frisur, gleiche Schuhe.

»Musst du babysitten?«

Er schaffte es, zu lachen. »Ja. Mein kleiner Bruder.«

Ich war damals zwölf.

»Hast du Zigaretten?«

Er schüttelte den Kopf. »Wollte gerade welche kaufen. Du?«

Dylan grinste. »Ich wollte gerade welche klauen. Kennst du die Altmännerkneipe hier um die Ecke? Da steht so ein Fossil hinter der Theke. Klappt jedes Mal.«

Wir kannten die Altmännerkneipe. Das Fossil hieß Nora. Wir

aßen dort ab und zu Heringe, frisch vom Boot, und manchmal half Maarten ihr – nachdem sie immer erst ein wenig protestierte – und brachte leere Flaschen in den Keller oder holte was vom oberen Regal herunter.
Maarten warf mir einen Blick zu.
»Er hält den Mund, oder, der Kleine?«
»Ich weiß nicht, Dylan. Wir können auch in die Stadt gehen.«
»Kann er schwimmen?«
»Was?«
»He, Kleiner. Kannst du schwimmen?«
Dylan kam auf mich zu. Ich trat einen Schritt zurück, spürte die Leere in meinem Rücken und sah Angst in Maartens Augen.
»Komm schon, Dylan. Am Bahnhof steht ein Automat, den man total leicht knacken kann.«
Dylan zögerte, ganz kurz nur, aber dann versetzte er mir doch einen Stoß und schaute grinsend zu, wie ich das Gleichgewicht verlor und im eiskalten Wasser landete. Er schaute auf mich hinab, die Hände in den Hosentaschen. Ich schnappte nach Luft und kämpfte mich bis zur Leiter durch, die ein Stück weiter an der Kaimauer befestigt war.
Und Maarten tat nichts. Er stand dort und lachte dümmlich, verzweifelt auf der Suche nach einer Haltung, die nichts von seiner Unruhe und Wut verraten würde. Sie gingen zu den Rädern. Als ich zitternd und zähneklappernd über die Kaimauer schaute, sah ich gerade noch, wie Maarten sich umdrehte. Dylan sprang bei ihm auf den Gepäckträger und zeigte mir den Mittelfinger, bevor er um die Ecke verschwand.

Es wurde fast schon dunkel, als er in den Schuppen kam. In der Zwischenzeit hatte ich mich in einen Eisklumpen verwandelt. Die alte Decke, die normalerweise über dem Rasenmäher lag, hatte daran nichts ändern können.

Maarten bekam einen Schrecken, ließ sein Rad gegen meins fallen.

»Eppo? Was machst du denn noch hier?«

Mir war zu kalt für eine Antwort.

»Du bist verrückt. Du bist ja eiskalt!« Er nahm meine Hände in seine, zog mich an sich und rubbelte mir den Rücken. »Am Ende wirst du noch krank. Am Ende wirst du noch krank.« Er rieb mir immer fester den Rücken, drückte mich fast zu Mus. Ich spürte, wie er in meinen Haaren weinte, aber seine Augen waren schon wieder trocken, als er mich ansah. »Los, du musst wieder warm werden.«

Wir kamen in die Küche, die Rasenmäherdecke hatte ich noch immer um die Schultern geschlagen. Noch ehe Maarten den Mund aufmachen konnte, sagte ich: »Ich bin von der Kaimauer gefallen, Maarten hat mich gerettet.«

Anke starrte uns einen Moment lang an und nahm mich mit nach oben. Maarten ließ das Bad einlaufen, während sie mir die feuchten Sachen vom Leib schälte.

Das warme Wasser tat weh an meiner Haut. Darum rieb Anke mich erst mit lauwarmem Wasser ab. Ich kam mir vor wie ein kleines Kind, aber das war jetzt egal.

Sie steckte mich mit einer Tasse Tee ins Bett und schob mir ein Thermometer unter den Arm. Als sie mein Zimmer verlassen hatte, setzte sich Maarten zur mir auf die Bettkante.

»Warum machst du das, Eppo? Warum hast du ihr nicht gesagt, wie's wirklich war?«
»Weil du mein Bruder bist.«
»Ich verdiene es nicht, dein Bruder zu sein.«
Er legte sich zu mir, blies meinen Tee kalt und hielt meine Füße warm.

Es war zwei Uhr nachts, als wir die Tür vom Restaurant hinter uns zuzogen. Noch immer saßen ein paar Leute draußen. Weinflaschen auf den Tischen, lebhafte Gespräche und Gelächter. Tabby und ich schlurften völlig kaputt zu unserem Zelt, wo wir uns in voller Montur auf unser Lager fallen ließen. Ihr taten die Füße weh, ich ließ sie meine Hände fühlen, die das Spülwasser schwammig und runzlig gemacht hatte. Wir schliefen bis in den Vormittag, aßen umsonst im Restaurant und alles fing wieder von vorne an.

In der Küche kratzte ich die Teller sauber und stellte sie in einen großen Geschirrspüler. Wenn das Porzellan sauber und heiß dampfend herauskam, rollte ich es klirrend auf einem Servierwagen zurück an seinen Platz. Töpfe und Pfannen spülte heute Dylan. Er war nicht sonderlich gesprächig, was ich nicht schlimm fand, denn mein Französisch war ziemlich mies. Dylan drehte das Radio immer so laut, dass ein Gespräch sowieso unmöglich gewesen wäre. Der *patron* kam ab und zu mal in die Küche, verschob einen Tellerstapel oder hängte ein frisches Geschirrtuch auf, mischte sich aber ansonsten nicht ein. Tabby bekam so viel Trinkgeld von den Gästen, dass sie am Sonntagabend vorschlug, noch ein wenig länger zu bleiben. Ich hatte nicht viel Lust dazu, aber alleine weiter wollte ich auch nicht.

»Also gut. Ein paar Tage noch.«

Nach unserer Mittagsschicht schwammen wir im Fluss beim Campingplatz. Tabby schlief auf ihrem Badetuch ein und ich deckte sie mit meinem zu, damit sie sich keinen Sonnenbrand holte. Kinder bauten Staudämme und ließen sich in Schlauchbooten auf dem Fluss treiben. Zwei Jungen hingen unter einer Holzbrücke, jeder an einer Seite. Sie versuchten, aufeinander zuzuschwingen und die Füße ineinanderzuhaken. Sie lachten und mein Magen zog sich zusammen. Ich kniff die Augen zu und versuchte so fest, nicht an ihn zu denken, dass ich nur noch an ihn denken konnte.

Der *patron* schaute auf, als ich reinkam. Er saß an einem der Tische, einen riesigen Papierstapel vor sich. Er sah auf seine Armbanduhr. »*Tu es trop tôt.*«

»*Je sais, mais ...*«

Er schaute sich kurz im Restaurant um, stand auf, nahm einen Besen und zeigte nach draußen. »*Si tu veux ...*«

Ich nickte und fegte zwischen den Tischen und Stühlen, in der Hoffnung, ich könnte auch meinen Kopf ein wenig auskehren. Tabby kam wenig später, ihre linke Gesichtshälfte war rot verbrannt. Sie bestellte eine Cola am Tresen und verwickelte den Mann hinterm Tresen in ein Gespräch. Dann erst entdeckte sie mich.

»Bist du schon hier? Ich dachte, du wärst vielleicht spazieren gegangen.«

»Nein, ich hatte Langeweile.«

Ich nahm einen Schluck von ihrer Cola und setzte mich neben sie.

»In zwei Tagen fahren wir weiter, okay?«
»Prima«, sagte ich, während ich mich fragte, wie ich es schaffte, so ein Wort noch über die Lippen zu bringen.

Wir hatten den Campingplatz erst knapp hinter uns gelassen, als wir einen großen Typen mit einem vollgepackten Rucksack und einem Gitarrenkoffer am Straßenrand stehen sahen. Ich wusste, dass Tabby anhalten würde. Er war der Typ Mann, für den jede Frau anhielt. Ich kurbelte das Fenster runter, er ignorierte mich völlig und fragte Tabby, ob er mitfahren dürfe.
»Dann musst du nach hinten, Eppo.«
Ich sah sie fassungslos an.
»Auf die Rückbank«, sagte sie jetzt, als würden wir nicht dieselbe Sprache sprechen.
»Er ist größer als du, er kann seine Beine dahinten nicht unterbringen.«
Und ich tat es. Ich stieg aus und bot Sonnyboy meinen Platz an. Er sagte nicht mal »*thanks*« oder so was. Ich quetschte mich neben seinen Riesenrucksack, schob den Gitarrenkoffer mit den Füßen zur Seite und merkte dann erst, dass es nicht mal Gurte gab hinten. Prompt fühlte ich mich nicht mehr sicher.
Tabby kicherte wie ein kleines Mädchen. Sie fuhr noch ruckelnder als vorher und Sonnyboy klammerte sich ängstlich an den Handgriff über dem Fenster.
Mich gab es nicht mehr. Die beiden da vorne schwiegen keine Sekunde. Erst fand ich Tabbys Englisch noch recht amüsant, aber schon bald langweilte es mich.
Jack hieß er.

Tabby sagte mindestens hundert Mal, dass ich nicht ihr *boyfriend* sei, sondern einfach ein Tramper. Sie sagte nicht, dass wir schon seit Tagen zusammen unterwegs waren. Sie sagte auch nicht, dass wir jeden Abend gemeinsam in einem Zelt schliefen. Und sie sagte schon mal gar nichts über Rob.

Als wir später anhielten, um zu picknicken, bestand Tabby darauf, dass er blieb. Er aß unser Brot auf, trank die ganze Limonade aus und ließ von dem Kilo Kirschen nur die Kerne übrig.

Er lehnte sich an seinen Rucksack, der Gitarrenkoffer lag zwischen uns, und er saß einfach da und war Amerikaner.

»*Wanna take a walk?*«, fragte er Tabby, die sofort aufsprang.

»Eppo, du passt auf unsere Sachen auf, ja?«

Sie schlenderten über den staubigen Feldweg, dem Sonnenuntergang entgegen. Erst als sie außer Hörweite waren, traute ich mich. Vorsichtig ließ ich die Schlösser aufschnappen und nahm das Instrument aus dem Koffer. Mit geschlossenen Augen stimmte ich es und merkte jetzt erst, wie sehr ich es vermisst hatte.

Es war nicht meine, aber es war besser als gar keine.

Meine Fingerkuppen mussten sich erst wieder an den Saitendruck gewöhnen, meine rechte Hand war ein wenig steif und ich suchte in meinem Kopf nach einer Melodie. *Cavatina* von Stanley Myers kam mir passend vor, so mit der untergehenden Sonne am Horizont und den Grillen im Gras.

Manche Passagen hatte ich vergessen, aber meine Finger kannten sie noch.

Das ist echt seicht, Eppi.«

»Weiß ich«, sagte ich grinsend. Ich saß auf dem Fußboden, den Rücken an den Schrank gelehnt. Er lag auf dem Bett und hielt die Hände hinter dem Kopf verschränkt.

»Und trotzdem ist es schön.«

»Ja, was?« Ich musste mich auf das Stück konzentrieren, auf die Griffe, aber mein Blick wanderte ständig zu ihm.

»Man merkt, dass du viel geübt hast diese Woche.«

»Ja, stimmt schon.«

Dass sogar Anke mich zum allerersten Mal gebeten hatte, nun endlich mal was anderes zu spielen, erzählte ich ihm nicht.

»Ich hatte früher einen CD-Player, so ein Plastikteil mit diesen lächerlich großen Knöpfen, du weißt schon. Batteriebetrieben. Mit so einem Handgriff und einem Mikro. Das Teil habe ich immer mit mir rumgeschleppt. Manchmal dauerte es lange, weißt du. Wenn Mama mal wieder auf einem Trip war. Sie war dann schon da, sie lag auf dem Sofa oder auf der Matte vor der Badewanne, aber sie war trotzdem nicht da, verstehst du? Ich war fünf oder so und ich hatte nur eine CD. Keine Ahnung, wo ich die herhatte, es war auch keine Kindermusik, einfach … normale Musik, ohne dass jemand dazu sang. Ich hörte mir die CD immer an, wenn ich allein war. Dann drückte ich das Plastikteil gegen meine Ohren und vergaß, dass ich in einer elendigen Wohnung voller Krempel saß. Manchmal musste ich die CD fünf Mal hintereinander abspielen, bis Mama wieder zu sich kam. Dann war sie eine Weile lieb und danach ging alles wieder von vorne los. Dann fing sie an, mir alles Mögliche vorzuwerfen, oder wurde sauer, wenn ich sagte, dass ich Hunger hatte. Den CD-Player hat sie irgendwann mal vom Balkon geworfen, als sie so drauf war.«

Bei dem Wort »früher« hatte ich den Atem angehalten. Er erzählte nie von früher. Nie. Als hätte er keine Vergangenheit, und wenn man danach fragte, wurde er wütend.

Ich hatte einfach weitergespielt und versucht, keine Fehler zu machen, nichts kaputt zu machen, während er zur Zimmerdecke sprach.

Auch als er schwieg, spielte ich weiter, bis das Stück zu Ende war. Die Stille war so schwer, dass sie den gesamten Raum füllte. Ich fummelte an den Wirbeln herum und wusste nicht, was ich sagen sollte, aber das brauchte ich gar nicht, denn er sagte etwas: »Ich glaube, dieses Lied war auch auf der CD.«

»Möchtest du es dann denn noch hören?«

»Nur, wenn du es spielst.«

Ich war so sehr in die Musik versunken, dass ich ihre Rückkehr erst bemerkte, als ihre Schatten über mich fielen.

Ich schaute auf, erwartete eine Standpauke von dem Amerikaner – selbst ertrug ich es nicht, wenn jemand meine Gitarre begrapschte –, aber er applaudierte und sagte: »*Didn't know you played, dude! Sounds awesome.*«

Tabby stand neben ihm und sah mich an. »Ich weiß nichts von dir.«

»So geht's mir auch.«

»*Play some more.*«

Jack machte ein Lagerfeuer. Wir beschlossen, unter freiem Himmel zu schlafen, und ich spielte den ganzen Abend. Schließlich waren meine Finger wund und das Feuer ging aus. Jack und Tabby lagen nebeneinander. Ich sah, wie Jack zu ihr rückte und den Arm langsam um sie legte. Ebenso langsam legte sie den Arm wieder weg. Ich grinste. Jack hob kurz den Kopf, sah mich an, rutschte von ihr weg und drehte sich um.

Es war noch immer warm. Ich lag auf meinem Schlafsack und sah mir die Sterne an. An diesem Abend schlief ich sofort ein, als hätte ich mir selbst ein Wiegenlied gespielt.

Schon bald hatte ich die Nase voll von Jack. Ich war es leid, auf der Rückbank zu sitzen und mir seine Geschichten anzuhören. Wie er in Kanada auf einen Bären gestoßen war. Wie er in Las Vegas die Nacht in den Tunneln unter der Stadt verbracht hatte. Wie er in London beraubt worden war und eine Zeit lang mit Straßenmusik sein Geld verdient hatte.

Tabby fand es fantastisch und löcherte ihn mit Fragen.

Jack schob den Sitz ein Stück zurück, sodass ich hinten noch weniger Platz hatte. Er drehte die Scheibe runter und steckte beide Füße aus dem Fenster. Tabby kriegte sich nicht mehr ein.

»*Now this is the life. Don't you think? Isn't this a fucking great road trip? Look at us! We're in France, the sun is shining. It's like I'm living in a road movie. I'm not going home for a very looooong time. I'm telling ya!*«

Zum Glück begegnete er beim nächsten Halt einem Bekannten. Nach einer überschwänglichen Begrüßung, die aus endlos vielen *amazing*, *unbelievable* und *fucking great* bestand, trennten sich unsere Wege.

Ich setzte mich wieder auf meinen vertrauten Platz und Tabby füllte die Stille, indem sie Jacks Geschichten alle noch mal erzählte. Als gehörte die Rückbank einer anderen Sphäre an, als wäre ich die ganze Zeit nicht dabei gewesen. Demonstrativ drehte ich das Radio lauter.

Die Straße wurde breiter, die Bebauung nahm ab und zum ersten

Mal seit langer Zeit konnten wir ein wenig Tempo machen. Sogar Tabby hielt jetzt den Mund.

»Bist du dir sicher, dass wir nicht auf einer Mautstraße fahren?«, fragte ich nach einer Weile.

»Nein. Aber es gefällt mir. Endlich kommen wir ein wenig voran. Wir werden sehen.«

Es war spät am Nachmittag. Die Landschaft erstreckte sich sanft hügelig zu beiden Seiten der Straße, es gab nicht viel Verkehr. Tabby summte die Lieder mit, die sie kannte, mein Blick verfolgte den Horizont, als ich plötzlich erstarrte.

Ich erkannte es sofort. Obwohl der Moderator das Intro auf Französisch zulaberte. Ohne jegliche Vorwarnung wurde das Lied in den Äther geschickt, auf meine Ohren losgelassen, wo die Musik gnadenlos alle Erinnerungen befreite, die ich so sorgfältig und mühsam in die entlegensten Ecken meines Kopfes gedrängt hatte. Es war eine Sache von Sekunden. Eis strömte durch meine Adern. Es gelang mir nicht mal mehr, das Radio auszuschalten. Die hellen Töne plumpsten mir wie Kieselsteine in den Magen.

Tabby merkte nicht, dass sie plötzlich neben einem Ölgötzen saß. Sie suchte nach einem Nagel zum Kauen und bohrte in der Nase.

»Halt!«

Hatte ich es gesagt oder gedacht? »Anhalten, Tabby, anhalten!«

»Hier? Warum?«

»Halt einfach an.«

»Musst du schon wieder? Wir sind gerade …«

»Lass mich raus. Ich will raus!«

Ich riss die Autotür auf, der Asphalt schoss unter mir hinweg, ich

hörte sie schreien, aber vor allem hörte ich das Lied, von dem ich jede einzelne Silbe mitsingen konnte, wenn ich es gewollt hätte.
Wir holperten an den Straßenrand. Ich stürzte aus dem Auto, stolperte ein paar Schritte und ließ mich auf den Knien ins Gras fallen.
Ich übergab mich, während Schauder über meinen Rücken liefen.
»Geht's, Eppo?« Sie legte ihre Hand auf meinen Rücken.
Mir war kalt.
»Weinst du?«
»Lass mich, Tabby.«
Ich ging weg von ihr, auf wackligen Beinen, schaute mich um. Nichts. Es gab nichts. Hohes Gras, Feldblumen und Disteln. Ein Stück weiter einen Baum. Dort setzte ich mich hin, den Rücken gegen den Stamm. Ich legte den Kopf in den Nacken und schaute in die Baumkrone hinauf. Eine Linde.
Das Licht spielte zwischen den Blättern, warmer Wind ließ sie sanft rauschen. Langsam rappelte ich mich wieder auf. Ich schnappte nach Luft und stopfte alle Gedanken wieder in die Löcher und Ecken, in denen sie zuvor gewesen waren. Das war schwierig. Als wären sie größer geworden. Wie ein aufblasbares Planschbecken oder eine Luftmatratze, die man, einmal ausgepackt, nie wieder in die Verpackung bekommt, in der sie im Geschäft gesteckt hatten.
Tabby setzte sich schweigend neben mich.
Das tat mir gut. Dass sie da saß, aber vor allem, dass sie nichts sagte.

Hör dir das mal an«, sagte er.

Er lag auf der Matratze neben meinem Bett in der Bettlade, die Bettdecke weggestrampelt zu seinen bloßen Füßen. Wir waren erst gerade wach. Das fahle Licht, das durch die Vorhänge fiel, deutete auf einen grauen Tag. Kein Tag zum Radfahren oder Schwimmen oder um im Hafen abzuhängen. Dinge, die wir normalerweise sonntags machten.

»Was ist es?«

Ich rollte an den Bettrand und nahm den Ohrhörer entgegen. Angela hatte ihm zum siebzehnten Geburtstag einen iPod geschenkt. Niemand hatte gefragt, woher sie den hatte.

»Hör's dir einfach an.«

Das Kabel war zu kurz.

»Komm her, ich will es auch hören.« Er zog mich auf die Matratze. Zwei Köpfe auf einem Kissen und Musik dazwischen.

In meinem linken Ohr hörte ich das Geklimper eines Glockenspiels. Ein Mann sang leise: »... *Sunday morning, praise the dawning. It's just a restless feeling by my side ...* «

»Passt genau, was?«, flüsterte er.

Ich nickte. Meine Haare rieben rau gegen seine. Ich schloss die Augen und hörte seinen Atem. Anke, die unten hin und her ging. Ich wusste, dass auf dem ansonsten abgeräumten Tisch zwei saubere Teller warteten. Sonntags durften wir ausschlafen.

Seine Füße bewegten sich vorsichtig zur Musik und kitzelten meine. Es war warm. Er war warm, sein Körper glühte durch meine Haut hindurch. Erst als ich nach Luft schnappen musste, merkte ich, dass ich die ganze Zeit den Atem angehalten hatte.
Das Lied war zu Ende. Wir taten, als würden wir es nicht merken, und blieben liegen. Die Köpfe unverändert, die Füße gegeneinander. Maarten drückte auf »Repeat« und drehte sich auf die Seite, sodass sein Atem meine Wange streichelte. Seine Hand lag auf meiner Brust. Er bewegte die Lippen zum Lied, die Töne explodierten leise in meinem Ohr.
*»Sunday morning and I'm falling. I've got a feeling I don't want to know.«**
Seine Finger krochen zögernd unter mein T-Shirt. Ich brauchte den Kopf nur zu drehen.
Wir bekamen nicht genug davon. Von dem Lied.
Bis meine Mutter fand, dass die Teller lange genug gewartet hatten.

* Sunday Morning, The Velvet Underground

»Geht's wieder?«

Ich hatte fast vergessen, dass sie da war. Wie lange saßen wir bereits hier? Sie sah mich besorgt an und zog die Nase kraus. Mein Mund verzog sich zu einem Lächeln und ich nickte.

»Ich hatte schon so das Gefühl, die Eier könnten nicht ganz frisch sein«, sagte sie.

Sie stand auf, rieb sich die Hände an ihren Shorts ab und griff nach meinen Händen. »Komm, es ist schon spät.«

Sie zog mich hoch, mir wurde kurz schwindlig. Sie war größer als ich. Nicht viel, aber doch ein wenig.

Sie lachte mich an, aber plötzlich erstarrte sie. »Shit! Nein. Nei-ei-ein!« Sie ließ mich los und rannte weg. Ich drehte mich um und sah einen Polizisten langsam um das Auto gehen. Sein Motorrad stand funkelnd im orangefarbenen Abendlicht.

Tabby rannte mit rudernden Armen auf ihn zu. Sie verlor einen Flipflop, hob ihn auf und zog ihn hinkend wieder an, ohne Tempo zu verlieren. Der Polizist schaute auf und ich wusste genau, dass er erst ihre langen, nackten Mädchenbeine sehen würde. Und dann ihr Top, unter dem der Rand ihres roten Spitzen-BHs hervorlugte. Erst danach würde er ihre blauen Augen sehen, die Sommersprossen auf ihrer Nase und ihre grünen Haare.

Tabby zeigte auf mich, machte Kotzgebärden und zeigte wieder auf mich. Alles war meine Schuld, so viel war klar.

Nervös wedelte Tabby mit den Händen. Sie zeigte in die Richtung, aus der wir kamen, und dann in die Richtung, in die wir fahren wollten. Sie sah aus, als wollte sie den Verkehr regeln.

»*Bonjour, jeune homme*«, sagte der Polizist, der sich in seinem Lederanzug vorkommen musste, als würde er bei lebendigem Leibe gekocht. Ich sah ihn vor meinen Augen schmelzen.

»*Bonjour.*«

»*Ça va, maintenant?*« Es klang nett, er schaute auch nett. Er ähnelte dem Negativ eines Pandabären, mit weißen Augenflecken in einem braunen Gesicht.

Ich nickte. Tabby nickte eifrig mit.

»Wir dürfen hier nicht parken«, sagte sie nervös kichernd.

»*Nous partons*«, stieß ich hervor, nachdem ich im Kopf die Reihe *je pars, tu pars, il part* heruntergeleiert hatte. Der Polizist nickte, setzte seinen Helm auf, schwang sein Bein knartzend über das Motorrad und fuhr weg.

Tabby stürmte zur anderen Seite des Autos, ließ den Motor an und rief: »Los, Eppo, steig ein!«

Ich schaltete sofort das Radio aus. Der Polizist verschwand am Horizont.

»Fast wäre es vorbei gewesen mit unserem Roadmovie, wir haben ganz schön Glück gehabt!«

»Jetzt übertreib mal nicht, Tabby.«

»Übertreiben? Und wenn er nach unseren Papieren gefragt hätte?«

»Ja, was dann?«

Sie hatte sich verplappert, das konnte man sehen. Sie versuchte, sich mit einem Schulterzucken aus der Affäre zu ziehen.

»Tabby?«

»Was?«

»Du hast aber einen Führerschein?«

»Natürlich! Was glaubst du denn? Dass ich komplett gestört bin?«

Ich öffnete das Handschuhfach und nahm ein Päckchen Tampons, ein Handy und eine Plastikmappe mit Papieren heraus.

»He! Lass das gefälligst!«

Sie versuchte, mir die Papiere aus den Händen zu reißen, das Auto geriet ins Schleudern.

Ich wandte mich ab und öffnete die Mappe.

»Lass das, Eppo! Du hast verdammt noch mal nicht das Recht dazu!« Sie schlug mir auf die Schulter, zog an meinem T-Shirt und dann an meinen Haaren.

Ich stopfte den ganzen Kram zurück in das Handschuhfach und klappte es zu.

Sie sah mich mit blitzenden Augen an. »Du Arsch!«

»Weiß er es?«

Sie beschleunigte, überholte andere Autos ohne zu blinken und klebte an der Stoßstange eines Tankwagens.

»Hat er gesagt: ›Kein Problem, liebe Tabby. Nimm nur mein Auto, um von mir wegzulaufen‹?«

»Halt den Mund!«

»Verdammt noch mal, Tabby! Sitze ich hier nun in einem gestohlenen Auto oder nicht? Weiß Rob davon?«

»Nein! Noch ein paar Tage.«

»Wie meinst du das?«

»Er ist auf See«, gab sie widerwillig zu. »Er kommt erst in drei Tagen nach Hause.«

Sie nahm den Fuß vom Gaspedal, der Abstand zu dem Tankwagen vergrößerte sich und sie fiel wieder in den Zuckeltrab, den ich von ihr gewöhnt war.

»Auf See?«

»Er ist Erster Steuermann auf einem Baggerschiff. Er ist immer sechs Wochen weg und dann wieder sechs Wochen zu Hause.«

Ihre Stimme klang, als würde sie ihn vermissen.

Ich zog die Beine hoch und vergrub meine Nase zwischen den Knien. Die Sonne war hinter den Wolken verschwunden, ich sah Regen am Horizont. Über den Hügeln war der Himmel pechschwarz. Ein Bauer holte rasch noch die Strohballen von einem Stoppelfeld ein.

»Ja? Keine Fragen?«

»Keine Fragen. Das hatte ich dir versprochen.«

Sie lächelte dankbar und entspannte sich.

Ich schaute zu den Streifen, die der Regen aus den Wolken zog. Ein blasser Regenbogen erschien, Schwalben segelten im Tiefflug über die Felder.

»Und Antworten?«, fragte ich. »Sind die wohl erlaubt?«

Ich weiß nicht, woher es plötzlich kam. Vielleicht hatte mich das Lied zermürbt, vielleicht weigerten sich meine Erinnerungen einfach, länger hinten in meinem Kopf zu bleiben. In meinem Kopf, der mich an einen Koffer erinnerte, auf den man sich setzen musste, um ihn zuzukriegen, und aus dem trotzdem sämtliche Sachen quollen. Jedenfalls wollte ich plötzlich reden. Über ihn.

Tabby nickte.

»Antworten sind erlaubt.«

»Maarten.«

Seinen Namen laut auszusprechen ließ die Schlösser des Koffers aufschnappen. Der Inhalt quoll heraus und türmte sich in meinem Kopf zu einem chaotischen Haufen, von dem ich einfach das Oberste abhob, mir ansah, beschrieb und wieder fallen ließ.
»Er war nicht einfach mein bester Freund, er war mein Pflegebruder. Wir waren seine fünfte Familie. Er wohnte abwechselnd bei uns und in einem Heim. Niemand wusste, wie er wirklich war, nicht einmal meine Eltern. Es machte ihn total müde, ständig jemand anderes zu sein, und nur ich wusste, dass er sich für das Ekelpaket schämte, das er dann wurde. Es war ein Verteidigungsmechanismus – fressen oder gefressen werden. Das Großmaul spielen oder verletzt werden. Andere wegstoßen, ehe jemand ihn im Stich lassen konnte. Nur bei mir brauchte er das nicht. Ich weiß nicht, wie das kam. Vielleicht, weil ich nie Angst vor ihm gehabt habe. Ich hasste es, wenn er zu Angela musste, einmal im Monat. Das ist seine echte Mutter. Das ist so bei Pflegekindern, ab und zu müssen sie zurück. Dann sah ich ihn erst am Sonntag. Später änderte sich das, da wollte ich nicht mehr, dass er mein Bruder war.«
Meine Stimme stockte. Der Koffer musste wieder zugeklappt werden, denn das, was da auf dem Boden lag, das konnte nicht raus. Niemals.
Tabby legte die Hand kurz auf mein Bein und kniff mich sanft. »Er fehlt dir.«
»Ich bin mir sicher, dass es kein Wort gibt für das, was ich fühle.«
»Vielleicht kein Wort. Nur sehr viele Wörter: Leere und Zweifel und Schmerz und Schrecken. Scharf, leidvoll, hart, kalt, Gummi.«
»Gummi?«

Wir machten ein Geräusch, das Lachen ähnelte. Nur ganz kurz.
»Ja, Eppo. Als stündest du hier und jemand anderes würde an dir ziehen und ziehen und ziehen, bis das Gummiband reißt.«
»Bist du darum weggegangen?«
Es war eine Frage, aber sie fand es nicht mehr schlimm.
»Ja.«
»Hat er dich sitzen lassen?«
»Keiner lässt mich sitzen. Er liebt mich. Aber er will nur mich, sonst nichts. Nur mich.«
Sie stellte das Radio wieder an. Das Gespräch war zu Ende.

Ich war mir erst nicht sicher, ob es wirklich Tabby war. Es konnte auch aus dem Nachbarzelt kommen. Oder vielleicht saß da draußen irgendwo ein Mädchen, dem es nicht gut ging.
Ich rührte mich nicht, spitzte nur die Ohren und spürte, wie mein Atem stockte, als mir klar wurde, dass das unterdrückte Schluchzen wirklich aus dem Schlafsack neben mir kam. Tabby weinte. Sie weinte Tränen, die keiner hören sollte.
Ich konnte unheimlich gut so tun, als würde ich etwas nicht hören.
Wie oft hatte ich nicht Tiefschlaf vorgetäuscht, war reglos liegen geblieben und hatte die Zähne zusammengebissen, um Maarten wenigstens nachts die Freiheit zu geben, seinem Kummer freien Lauf zu lassen. Nach und nach hatte es aufgehört, nur wenn er träumte, ertönte ab und zu noch ein Angstschrei oder ein tieftrauriges »Nei-ein«. Noch später suchte er Trost bei mir. Aber auch das ging vorbei.
Allmählich verstummte Tabbys Schluchzen. Sie seufzte ganz leise. Durch die Wimpern hindurch sah ich, wie sie ihr Kissen umdrehte. Würde sie es schaffen, die andere Seite trocken zu lassen?
Fast hätte ich meine Hand aus dem Schlafsack genommen und auf ihren Rücken gelegt. Fast.
Ich wollte, ich könnte es. Weinen.

»Äh, Maarten … gegen welche Tür bist du denn gerannt?«
Er grinste kurz, es fiel ihm schwer.
An diesem Wochenende war er mit einem blauschwarzen Auge, dick wie eine reife Pflaume, von Angela zurückgekommen.
»Was ist passiert?«
Er zuckte die Schultern und ließ einen Kieselstein über den Wassergraben hüpfen. Wir saßen auf der Brücke, die Sonne wärmte uns den Rücken.
»Mama hat einen neuen Freund. Sagen wir mal, wir waren uns nicht so recht sympathisch.«
»Und was hat sie gemacht? Einfach zugeschaut?«
Er schob ein wenig Sand und Splitt zu einem Häufchen am Brückenrand zusammen. Er starrte auf seine Füße, die über dem Wasser baumelten.
»Was sollte sie denn machen? Sich auch Schläge einhandeln?«
Langsam schob er das Häufchen über den Rand. Mit einem leisen, klatschenden Geräusch landete es im Wasser. Plötzlich entdeckten wir ein Teichhuhn, das sich im Uferbewuchs versteckt hatte und jetzt eilig von uns wegschwamm.
»Bald bin ich achtzehn. Dann brauche ich nicht mehr hin.«
»Liebst du sie eigentlich?«
Er schaute mich von der Seite an.
»Werden wir jetzt tiefsinnig, Eppi?«

»Nein. Wir werden ernst. Dieses eine Mal. Ich frage mich wirklich, ob du sie noch lieben kannst, nach allem, was sie dir angetan hat. Weil ich … das darfst du ruhig wissen … ich hasse sie.«

»Wer sagt, dass ich das wissen will?«

Mit seinem Zeigefinger versperrte er einem Marienkäfer, der am Brückenrand entlangkroch, den Weg. Der Käfer nahm eine andere Route.

»Mensch, Maarten! Ich bin's! Kann ich wirklich nicht einmal ein richtiges Gespräch mit dir führen? Du lachst dein ganzes Leben weg.«

Er zog die Füße hoch und sah mir ins Gesicht. Sein gesundes Auge blitzte für das andere mit.

»Weißt du, Eppo, es ist ganz einfach. Wenn dein Leben zum Heulen ist, gibt es zwei Möglichkeiten. Entweder du heulst im Chor mit. Oder du lachst darüber. Das ist alles, was ich habe: die Wochenenden bei euch, bei dir. Ist das genehmigt, ja? Das Einzige, was alle schon mein ganzes Leben lang von mir wollen, ist ›ein anständiges Gespräch‹. Von dem Wort allein schon muss ich kotzen. Wenn du, *of all people*, jetzt auch noch damit anfängst …«

Er stand auf, kletterte die Böschung hoch und hob sein Rad auf.

»Wenn du mich suchst … Ich nehme jetzt ein anständiges Bad in diesem anständigen See am Schafdeich. Und da ich meine anständige Badehose nicht dabeihabe, wird das der anständigste *skinny dip*, den du je gesehen hast.«

Er schwang das Bein über die Stange und radelte der Sonne entgegen. Ich zählte bis hundert, folgte ihm und sah gerade eben noch, wie er splitternackt vom Steg ins Wasser sprang. Prustend tauchte er wieder auf.

»Los, Eppi, komm rein! Es ist klasse!«

Das Wasser war eiskalt und ich ekelte mich vor dem Modder unter meinen Füßen. Langsam watete ich immer weiter in dem Bewusstsein, dass ich Maarten, der schon tiefer im Wasser stand, nicht trauen konnte.

»Ich weiß genau, dass du mich gleich nass spritzt!«

»Wer, ich? Niemals!«

Ich lachte. Plötzlich war er weg und eine Sekunde später wurden mir die Beine weggezogen.

Nach Atem ringend tauchte ich wieder auf, versetzte ihm einen Stoß und drückte ihn unter Wasser. Wir schwammen ans andere Ufer, wetteiferten darin, wer am längsten unter Wasser bleiben konnte (er natürlich), und machten eine Schlammschlacht.

Als wir müde waren vom Rumtoben, legten wir uns zum Trocknen nebeneinander an eine flache Stelle zwischen den Büschen. Geschützt vor Wind und fremden Blicken. Es war warm und ich fühlte mich träge. Einen Moment noch schaute ich ihn an. Die Tropfen auf seinem Rücken. Die Härchen in seinem Nacken. Das Pulsieren seiner Halsschlagader.

Als ich die Augen öffnete, stand die Sonne viel tiefer und Maarten saß angezogen neben mir.

»Wie lange habe ich geschlafen?«, fragte ich und stand mühsam auf. Das Gras hatte auf meinem Bauch ein seltsames Muster hinterlassen. Ich zog meine Unterhose, mein T-Shirt und meine Hose wieder an und sah zu Maarten, der noch immer neben mir saß, seine Arme um die angewinkelten Knie geschlungen. Dann erst sah ich, wie er zitterte.

»Was ist los? Ist dir kalt?«

Er murmelte etwas Unverständliches und ich hockte mich neben ihn.
»Was hast du gesagt?«
»Halt mich fest, Eppi. Halt mich einfach kurz fest. Ja?«
Seine Stimme zitterte genauso schlimm wie der Rest seines Körpers und ich schlang die Arme um ihn. Er ließ seine Knie los und klammerte sich so fest an mich, dass ich kaum noch Luft bekam. Er drückte sein Gesicht gegen meine Schulter; die Hand, die er mir in den Nacken legte, war eiskalt.
So lagen wir, bis das Zittern aufgehört hatte und die Sonne dunkelrot über den Feldern stand.
Schweigend radelten wir nach Hause, wo Tina vom Jugendamt an unserem Küchentisch saß. Anke hatte das mit der Tür auch nicht geglaubt und Tina angerufen. Es war alles recht kompliziert, aber schließlich brauchte er drei Monate lang nicht zu Angela. Sie durfte ihn einmal im Monat zusammen mit Tina bei uns besuchen. Ein einziges Mal kam sie. Mit einem Lächeln, das genauso künstlich war wie die Blumen, die sie dabeihatte.

Eppo, schläfst du?«, flüsterte sie plötzlich. Ich schrak auf und kniff die Augen im Reflex fest zu.

»Eppo?«, fragte sie wieder.

»Was ist?«, sagte ich nach einer Weile, als würde ich langsam aufwachen.

»Ich hab eine solche Angst.«

»Wovor hast du Angst?«

Tabby setzte sich auf, sodass ich nur ihren Rücken sah. Draußen stolperte jemand über eine Zeltschnur. Erst hörte man ein sirrendes »Woiiing« und danach jede Menge Flüche. Wir lachten nicht.

»Ich habe eine solche Angst, dass ich die falsche Entscheidung getroffen habe. Und was ist dann? Was, wenn er mich wirklich sitzen lässt?«

»Niemand lässt dich doch sitzen.«

Sie schaute sich kurz um und rieb sich die Nase mit dem Handrücken ab.

»Du musst nicht alles glauben, was ich sage.«

»Das tue ich auch nicht.«

»Ich liebe Rob wirklich«, sagte sie seufzend. »Wir sind schon zwei Jahre zusammen. Letztes Jahr bin ich bei ihm eingezogen, an meinem achtzehnten Geburtstag. Ich hielt es zu Hause nicht mehr aus. Meine Eltern sind immer gegen Rob gewesen, bloß, weil er zwölf Jahre älter ist als ich. Ich hab eine solche Angst, Eppo. Er wird wütend sein.«

Ich setzte mich auf und legte ihr den Arm um die Schultern. »Es wird schon wieder«, versuchte ich sie zu trösten. Ich wollte fragen, warum sie denn dann von ihm weggelaufen war, aber ich traute mich nicht.

Den ganzen Tag über tat sie, als wäre nichts geschehen, und saß wie ein gestresster Zombie am Steuer.

Als ich ihr vorschlug, es etwas lockerer angehen zu lassen, schnauzte sie mich an.

»Ich brauche einfach eine Zigarette. Und zwar sofort.«

»Du hast doch aufgehört. Es klappt doch ganz gut.«

»Vielleicht. Jedenfalls bis jetzt. Sagst du Bescheid, wenn du einen Laden siehst?«

»Mach das nicht. Nachher tut es dir leid.«

»Nein, dir wird es leidtun, wenn ich mir nicht ganz schnell eine anzünden kann.«

»Warum fangen die Leute bloß damit an?«

Ich hatte keine Antwort erwartet, aber sie gab mir eine.

»Alle haben geraucht. Die ganze Clique, mit der ich in der Schule zusammen war, alle haben geraucht. Man gehörte nicht dazu, wenn man nicht solche Haare, solche Klamotten und eine solche Tasche hatte wie sie. Und Rauchen gehörte eben auch dazu. Ich war damals dreizehn.«

»Nur unsichere Menschen unterwerfen sich dem Gruppenzwang. Ich hab da nie mitgemacht.«

»Und wie viele Freunde hast du in der Schule?«

Ich schwieg.

»Ich sehe es vor mir, Eppo. Du in der Pause. Ganz allein in einer Ecke.«

»Freunde, die einen zu etwas zwingen, um dazugehören zu dürfen, sind keine echten Freunde.«

»Kann schon sein. Aber die gesamte Schulzeit allein verbringen ist auch nicht so der Bringer, oder?«

Sie blinkte und hielt vor einem Zeitungsladen an.

»Fahr einfach weiter, Tabby. Ich war so stolz auf dich. Das ist doch echtes Dreckzeug.«

»Eine einzige nur. Ich verspreche es«, und noch ehe ihr Satz zu Ende war, stand sie schon im Laden.

Es war Freitagabend. Maarten war gerade erst gekommen.
»Also, ich geh dann mal.«
»Warte, ich komm mit.«
»Was hast du gesagt?«
»Ich komm mit.«
Sein Blick wurde finster. Er steckte sein Handy hinten in die Jeans.
»Im Ernst?«
»Ja. Ich möchte sie mal sehen, deine Freunde.«
»Das sind keine Freunde. Wir hängen ein wenig in der Stadt rum, das ist alles. Nix Besonderes.«
»Warum gehst du dann zu ihnen?«
»Sie haben mich gefragt.«
»Warum sagst du nicht Nein? Du bist eben erst gekommen.«
»Du weißt, dass das nicht geht. Es ist nichts für dich, Eppo.«
»Aber was macht ihr denn?«
»Nix Besonderes. Ich muss los, okay? Sie warten auf mich.«
»Gut, dann gehen wir.«
»Hör auf, Eppi. Ich will nicht, dass du mitkommst. Nerv nicht. Bis später.«
Es war nicht schwierig, ihm zu folgen. Die Dämmerung um ihn herum, Musik in den Ohren, eine Hand am Lenker, die andere in der Jackentasche. Er schaute sich kein einziges Mal um.
Am Stadtrand bog er in den Weg zu den Sportplätzen ein. Aus

seinem Mund kamen Atemwölkchen und ich merkte, dass er das Tempo verringerte. Am Vereinshaus stieg er ab und lehnte sein Rad an die Holzwand.

Es dauerte lange, bis er das Rad abgeschlossen hatte. Stimmen und Musikfetzen wehten zur Tür heraus. Die Fenster des Clubhauses waren beschlagen, wodurch das Licht diffus blieb und nur die Silhouetten der Leute drinnen sichtbar waren. Ich lehnte mein Rad an einen Baum gegenüber und schaute noch eine Weile. Ein Stück weiter badete die Leichtathletikbahn im Scheinwerferlicht. Männer und Frauen in gelben Leuchtwesten liefen Runden.

Zögernd überquerte ich die Straße, denn was mir zunächst abenteuerlich und mutig vorgekommen war, schien mir immer mehr ein blödes Vorhaben zu sein. Was machte ich hier? Was wollte ich beweisen? Ich hatte keine Lust mehr, reinzugehen. Es war kalt. Und Maarten war doch nicht da. Nicht mein Maarten. Ich würde einfach einen kurzen Blick riskieren. Mehr nicht.

Ganz vorsichtig versuchte ich, durch das Fenster zu spähen, ohne einen Schatten zu werfen. Ich hörte Rufe und Gelächter, die Musik war laut, aber weil die Scheibe so beschlagen war, konnte ich nichts sehen. Erst wollte ich warten, bis er wieder rauskäme, damit wir zusammen nach Hause fahren konnten, aber auch den Gedanken verwarf ich schnell wieder. Das konnte noch Stunden dauern.

Gerade als ich mich umdrehen wollte, packte mich jemand am Kragen und zerrte mich ins Vereinshaus.

»Seht mal, was ich da draußen gefunden habe! Der kleine Loser hier hat gespannt!« Ein schlaksiger Junge stand hinter mir, seine Hände kniffen fest in meine Oberarme.

Das Licht wurde durch farbige Folie gedämpft, mit der die Neonröhren beklebt waren, Tische waren querbeet im Raum verteilt, es gab eine Theke, hinter der verstaubte Pokale in einem Regal standen. Die Luft war völlig verqualmt und meine Augen fingen an zu tränen. Sie waren zu zehnt, zwölft. Lederjacken, kurze Haare, und da ... ganz hinten ... Maarten. Seine Augen brüllten mir zu: Wie konntest du nur so blöd sein!

Ein kräftig gebauter Junge von etwa zwanzig Jahren kam auf mich zu. In den Augenbrauen hatte er zwei Piercings und in einem Ohr ein großes Loch. Er bückte sich, als wäre ich nur einen halben Meter groß.

»Na, na, Kleiner. Was gibt's denn hier zu gucken? Wolltest du mal bei den großen Jungs mitmachen? Dann musst du aber ein wenig mehr Spinat essen.«

Gelächter.

»Bist du dir sicher, dass es ein Kerl ist, Kick?« Der Junge, der hinter mir stand, ließ meinen Pferdeschwanz spöttisch über meinem Kopf kreisen. Er zog so fest daran, dass mir die Tränen in die Augen sprangen.

»Nun seht euch das mal an!«, rief ein anderer. »So ein Weichei!«

»Vielleicht ist es ja ein Mädchen!«

Ich reagierte nicht auf das Gejohle und suchte Maartens Blick. Er schaute unendlich traurig und schüttelte kaum sichtbar den Kopf. Er würde nichts tun, das wusste ich. Genau wie damals am Kai. Er würde zulassen, dass ich ins kalte Wasser geworfen wurde.

»Kann das Mädel denn gar nicht sprechen?«, fragte Kick, der sich so nah neben mich stellte, dass ich riechen konnte, wie viel Bier er getrunken hatte: zu viel.

»Lass mich in Ruhe!«, stieß ich hervor. Es klang viel weniger entschlossen, als ich wollte. Und weil ich mit den Schultern zuckte, um die elenden Hände loszuwerden, wurde ich bloß noch fester gehalten.

»Lass mich in Ruhe!«, äffte er mich mit hoher Stimme nach. Für den Showeffekt fügte er noch ein abgeknicktes Winkehändchen hinzu.

Er hatte die Lacher auf seiner Seite. Der Kreis um mich wurde enger und ich konnte Maarten nur recht geben. Welcher Teufel hatte mich geritten?

»Also, ich glaub ja wirklich, das ist ein Mädchen.« Kick machte ein Gesicht, als müsste er sehr angestrengt darüber nachdenken.

»Tja, da gibt es ja wohl nur eine Möglichkeit, das herauszufinden, oder?«, fragte ein dicker Junge, der die ganze Zeit nichts gesagt hatte, jetzt aber mit Beifall rechnen konnte. Mir wurde ganz anders und ich versuchte, mich dieses Mal mit aller Kraft loszureißen. Es war sinnlos, als wäre ich in einen Schraubstock geklemmt. Lauter Applaus ertönte, als Kick meinen Gürtel löste. Ich trat nach ihm und traf ihn durchaus, aber es brachte nichts.

»Hey, Kick!«

Kick zog mit einer fließenden Bewegung meinen Gürtel durch die Schlaufen und drehte sich um.

Es war Maarten. Er schob ein paar Jungen aus dem Weg und stellte sich ins Licht.

»Muss das sein?«

»Hast du Probleme damit, de Jong?«

Statt mich ein wenig zu beruhigen, wurde mir nur noch banger zumute. Warum hielt er nicht den Mund?

»Wenn du's echt wissen willst ... Ja, ich hab Probleme damit. Lass ihn los, Klaue.«

Der Junge hinter mir, der offensichtlich Klaue genannt wurde, schaute von Maarten zu Kick und wieder zurück.

»Du hast hier nix zu melden, de Jong. Hab grad noch zu Bosmans gesagt, was für 'ne Lutschbürste du bist die letzte Zeit. Was haben wir denn an dir? Rein gar nichts! Loser.«

»Lass ihn los.« Maarten kam näher. Ich sah, wie Kick meinen Hosengürtel stramm um seine Faust band, und hielt den Atem an.

»Willst du uns jetzt den Spaß verderben? Dabei war's grad so nett. Dürfen wir jetzt auch schon nicht mehr lachen?«

»Nicht über meinen Bruder, nein.«

»Bruder?«, fragte Kick und musterte mich prüfend auf der Suche nach irgendwelchen Ähnlichkeiten.

Die kurze Verwirrung nutzte Maarten, um plötzlich nach vorn zu gehen, mich loszureißen und rückwärts Richtung Tür zu schubsen. Sein Gesicht war so nah an meinem, näher ging es kaum. Fast küsste er mich, so nah.

»Los, Eppi! Mach, dass du wegkommst!«, zischte er.

Die Kälte packte mich im Genick, als er die Tür öffnete.

»Und was ist mit dir?«

»Nach Hause! Geh nach Hause!«

»Hey, de Jong!«, hörte ich.

»Aber ... Maarten!«, schrie ich zu der Tür, die schon wieder geschlossen war.

Verstört überquerte ich die Straße, schloss mit zittrigen Fingern mein Rad auf. Ich hörte Geschrei, das Rücken von Tischen oder Stühlen, von Sachen, die umfielen. Ich sah nur einen einzigen un-

scharfen Schatten, einen Flecken, der sich krümmte, größer und kleiner wurde, und in dem keine Personen mehr zu unterscheiden waren.
Das Herz klopfte mir bis zum Hals. Das konnte ich nicht machen.

Erst nachdem Klaue mit einem Aufschrei zu Boden fiel und dort stöhnend liegen blieb, merkten sie, dass ich zurückgekommen war. Danach zog ich dem Dicken mit dem Stuhl eins drüber, was ein seltsam dumpfes Geräusch verursachte.
»Lass ihn los!«, schrie ich und es klang großartig.
»Zurück!«, brüllte ich, während ich den Stuhl wild hin und her schwenkte.
Maarten rappelte sich schwankend auf. Seine Lippe blutete und ein Auge war zu, aber er grinste, als er mich wie einen Höhlenbewohner meine Keule schwingen sah. Das Messer, das Kick plötzlich zog, schlug ich ihm aus der Hand. Maarten torkelte zur Tür hinaus, ich warf den Stuhl in den Raum und folgte ihm.
»Mein Rad!«, schrie ich und ich half ihm über die Straße, schob ihn auf meinen Gepäckträger und fuhr weg, so schnell ich konnte. Das Adrenalin raste durch meinen Körper und ich fuhr wie ein Verrückter. Die Straße entlang, raus aus der Stadt. Ab und zu sah ich mich um, aber niemand folgte uns. Erst als wir wieder von der Dunkelheit und der Leere der Landschaft umgeben waren, traute ich mich, das Tempo zu verringern. Meine Haut war klamm von kaltem Schweiß und mein Keuchen schmeckte nach Blut.
»Alles in Ordnung?«, fragte ich, als ich wieder normal atmen konnte.

»Geht so, starker Bruder«, sagte er, aber wegen seiner dicken Lippe klang es wie »takabuda«.

Ich grinste und mir wurde ganz warm, als ich merkte, wie er den Kopf vorsichtig gegen meinen Rücken lehnte.

Nur Hendrik war noch wach. Ich stotterte, wir wären mit dem Rad gefallen, was er keine Sekunde glaubte. Er fing sofort an, Fragen zu stellen, auf die ich keine Antwort gab.

Ich half Maarten die Treppe rauf, knallte Hendrik die Badezimmertür vor der Nase zu und sagte: »Ich erzähl es morgen.«

In dem grellen Licht sah ich erst richtig, wie sie ihn zugerichtet hatten. Sein Kiefer war geschwollen, seine Hände zertreten. Ich holte Eis und wusch ihm das Blut vom Gesicht. Wir sagten nichts. Gar nichts.

In meinem Zimmer zog ich ihn vorsichtig aus. Über seinen Rücken lief ein violetter Streifen, von meinem Gürtel. Ich musste weinen.

»Nicht weinen, Eppi«, flüsterte er. Mühsam kroch er in mein Bett. Ich machte das Licht aus. Im Dunkeln suchte seine Hand meine und er zog mich neben sich. In dem schmalen Bett mussten wir uns einfach umarmen.

Tabby zündete sich sofort eine Zigarette an und lehnte sich entspannt gegen die Motorhaube. Ich stieg aus und stellte mich neben sie.

»Mach nicht so ein Gesicht. Es ist keiner gestorben!«

»Nein, noch nicht. Aber wenn du so weitermachst, schon. Wie würdest du es später finden, wenn deine Kinder rauchen?«

Sie sah mich wütend an, schmiss die halb gerauchte Zigarette auf den Boden und trat sie unbeherrscht aus. »Meine Güte … du kannst einem echt alles verderben! Hier!« Sie warf mir das Päckchen Zigaretten zu, das ich sofort in den Abfalleimer beförderte.

»Hör auf zu grinsen«, sagte sie, als ich mich neben sie ins Auto setzte. Ich wuschelte ihr durch die kurzen Haare. Sie drückte meinen Arm weg und fuhr los.

»Und jetzt glaubst du vielleicht, du hättest gewonnen, aber jetzt musst du die nächsten Tage meine schlechte Laune ertragen.«

»Daran bin ich inzwischen gewöhnt.« Ich öffnete die Vordertasche meines Rucksacks und holte ein Päckchen Kaugummi mit Fruchtgeschmack heraus. »Hier, das ist etwas gesünder.«

Sie zog ein böses Gesicht, streckte aber trotzdem die Hand aus und war erst zufrieden, als ich das halbe Päckchen leer geschüttelt hatte. Sie stopfte sich alle Kaugummis gleichzeitig in den Mund und fing wie besessen an zu kauen.

»Besser als nix«, gab sie zu, während das ganze Auto allmählich nach Kirschen roch.
Wir waren erst ein paar Kilometer weiter, als es passierte.
Das Erste, was ich sah, war das Flattern. Die offensichtlich unverletzten Flügel, die den verwundeten Leib nicht mehr vom Boden bekamen. Sie schienen plötzlich zu groß für den kleinen Körper. Die Federn breit aufgefächert, damit sie so viel Wind wie möglich fingen. Das Köpfchen auf dem Asphalt, der Schwanz zerfetzt.
Tabby fuhr im Zickzack drum herum.
Ich schaute mich um und mir wurde kalt. Die andere Taube. Der Täuberich, der im Kreis um sie herumlief, es nicht begriff: Los, nun mach schon, flieg endlich. Auf!
Bis auch er vor einem herankommenden Auto fliehen musste.
Ich wandte den Blick ab und schnappte nach Luft.
»Mir ist nicht gut«, brachte ich hervor.
»Ist dir nicht wirklich gut oder echt nicht gut?«
Der kalte Schweiß brach mir aus. Ich legte den Kopf auf meine Knie und stöhnte.
»Aha. Also echt nicht gut.«
Sie verringerte das Tempo, fuhr an den Straßenrand, beugte sich über mich, öffnete die Autotür und trat dann erst richtig auf die Bremse, wodurch die Tür wieder halb zuklappte.
»Kotzen tust du aber draußen!« Sie gab mir einen Schubs. Ich schaffte es gerade noch, die Füße aus dem Auto zu heben, und übergab mich. Ich schüttelte den Kopf, um das Bild loszuwerden, aber davon wurde das Flattern in meinem Hirn nur noch schlimmer.
Aus dem Auto tauchte eine Wasserflasche auf.

»Danke«, sagte ich leise und spülte mir den Mund aus.
Ich schloss die Tür, der Motor lief noch. Ich fühlte mich hohl.
Tabby sah mich mitleidig an.
»Das war wegen der Taube, oder? Ganz schön sensibel bist du, Eppo. Wenn hier jemand kotzen dürfte, dann bin ich das!«
»Fahr nur weiter.«

In dieser Nacht träumte ich von ihm. Seine Arme waren Flügel. Riesige schwarze Flügel, die so viel Wind erzeugten, dass es mir nicht gelang, in seine Nähe zu kommen. Immer wieder wurde ich weggeblasen, die Böschung hinunter.
Ich wollte ihm helfen. Ihn von der harten, kalten Straße aufheben und in die Arme nehmen.
»Steh auf!«, schrie ich. »Steh doch auf!«
Ein Auto bog um die Ecke. Verzweifelt schlug er mit den Flügeln. Unbeholfen. Er stellte sich völlig ungeschickt an.
»Nun flieg schon! Flieg! Flieg!«
Als das Auto ihn überrollte, schlug ich wild um mich und schnappte nach Luft. Eine kühle Hand tastete nach meiner.
»Alles ist gut. Du hast nur geträumt. Alles ist gut.«
Sie zog mich sanft neben sich, strich mir das Haar aus dem verschwitzten Gesicht. Mein Atem brannte mir im Hals.
»Es war nur ein Traum. Schlaf jetzt«, murmelte sie.
Die ganze Zeit hatte sie die Augen nicht ein einziges Mal geöffnet.
An Schlafen war nicht mehr zu denken, aber ihre Hand, die auf meiner Stirn liegen geblieben war, beruhigte mich. Ich sah zu, wie sie schlief, bis das graue Morgenlicht durch die Zeltwand schien.

Wir erfuhren es erst am nächsten Tag. Sie hatten Angela angerufen, nicht uns. Wir existierten nicht. Die ganzen Wochenenden, an denen Hendrik ihm bei seinen Hausaufgaben geholfen hatte, sie gemeinsam im Gemüsegarten arbeiteten, sie über Gott und die Welt diskutierten. All die Male, dass Anke seine Kleidung geflickt, seinen Teller vollgeschöpft hatte, ihm ganz kurz über seinen Kopf gestrichen hatte, die einzige Berührung, die er von ihr ertrug.

All die Stunden, in denen er bei mir war und ich bei ihm. Das zählte nicht. Als er starb, riefen sie diejenige an, die ihn seinem Schicksal überlassen hatte. Zusammen mit Tina vom Jugendamt stand sie vor unserer Tür. Abgefüllt mit Kokain. Sie weinte Tränen, die uns gehörten.

Der Fahrer hatte ihn nicht gesehen, sagte Tina. Er war aus dem Nichts aufgetaucht.

Aus dem Nichts. Das sagte sie.

Und sofort wusste ich, dass es meine Schuld war. Ich hatte sein Rücklicht zertreten.

Es fühlte sich an, als würde ich leer gesogen, nur meine Hülle stand noch im Flur, die Türklinke in der Hand, die nicht mehr zu meinem Körper gehörte.

Sie hatten ihn noch ins Krankenhaus gebracht, aber eigentlich war das nicht nötig gewesen. Sie haben ihn gewaschen und in ei-

nen kühlen Raum gelegt. Es gab niemanden, der ihn kannte in dieser Nacht. Niemanden, der um ihn trauerte.
Am nächsten Tag gingen Anke und Hendrik zu ihm. Abschied nehmen, sagten sie. Ob ich nicht mitkäme. Das tat ich nicht. Wie kann man Abschied von jemandem nehmen, der selbst nichts mehr entgegnen kann?
Ich ging nicht zur Beerdigung. Ich ging nirgends mehr hin. Nicht zum Hafen, nicht zum Deich, nicht an den Strand. Meine Gitarre stand in der Zimmerecke und verstaubte. Es war, als hätte mich jemand auf Stand-by geschaltet. In der Schule schrieb ich in allen Fächern schlechte Noten. Lehrer benutzten Wörter wie »außergewöhnliche Situation« und »verständlich« und ich wurde trotzdem versetzt. Es war mir egal. Alles, was mich auch nur ein wenig an ihn erinnerte, hatte Anke auf meinen Wunsch in einen Karton gestopft. Ich saß in meinem kahlen Zimmer apathisch rum und tat nichts, und wenn ich im Bett lag, spürte ich die Leere der Bettlade unter meinem Rücken.
Bis es Sommer wurde und meine Eltern fanden, ich hätte lange genug drinnen gehockt. Als wäre Rausgehen eine Lösung für alles.
Es gibt keine Lösung für den Tod. Man kann sich dem Tod nur fügen. Maarten war nicht aus dem Nichts gekommen. Er war von uns gegangen. Und das Einzige, was ich wollte, war bei ihm sein.

Als wir den Supermarkt verließen, umhüllte uns die Hitze wie eine Decke.

»Mann, wie kalt es da drinnen war«, sagte Tabby und schüttelte sich. Im grellen Sonnenlicht kniff sie die Augen zusammen. »Wo stand unser Auto noch mal?«

Wir räumten die Einkäufe in den Kofferraum. Gerade wollte ich einsteigen, als Tabby sagte: »Guck mal, da ist ein Park. Da können wir picknicken. Es ist doch viel zu warm, um im Auto zu sitzen, oder?«

Mir war alles recht. Wir packten was zu essen in eine Tasche, überquerten die Straße und fanden eine Stelle unter einem alten Kastanienbaum, neben einem großen Teich, in dem eine Fontäne spritzte.

Tabby lehnte am Baumstamm, die langen Beine ausgestreckt im Gras. Sie hatte ihre Flipflops abgestreift, biss langsam in ein Baguette und sah mich so lange an, dass ich mich allmählich unwohl fühlte.

»Ist was?«

Sie schüttelte den Kopf, kaute in aller Ruhe weiter und fragte dann: »Was willst du später machen?«

Ich zuckte die Schultern, schnitt ein Stück Käse ab, legte es in ihre ausgestreckte Hand und schnitt noch ein Stück für mich selbst ab. »Ich mag das Wort nicht. Später. Jetzt ist jetzt.«

Tabby sah mich abschätzig an. »Dieses ›jetzt‹, was du meinst, ist ›früher‹. Du lebst nicht jetzt. Du wirst gelebt. Und wenn dich überhaupt was interessiert, ist es das, was vorbei ist. Was gewesen ist. Jetzt sitzt du hier im Gras neben mir. Jetzt hören wir das Wasser, spüren wir das Gras und essen wir Käse, der schmeckt wie abgeleckte Fensterscheiben. Und was willst du später machen, Eppo?«

»Es gibt kein Später. Ich sehe kein Später.«

»Puh, deine Stimmung ist wieder mal umwerfend. Ich kann mir gar keinen geselligeren Begleiter vorstellen. Weißt du, wie sehr ich mich angestrengt habe, mir eine Frage auszudenken, die dich nicht an früher erinnert? Eine Frage, deren Antwort dich nicht verletzen würde? Sogar eine Frage über die Zukunft erträgst du nicht. Was soll ich denn noch machen, um ein Gespräch mit dir zu führen? Schade, dass ich den alten Eppo nicht gekannt habe. War bestimmt ein netter Kerl.«

»Hör auf, Tabby.«

»Der muss doch noch irgendwo da sein, oder?«

»Halt den Mund!«

Ich stand auf und ging zum Teich, wo der verwehte Wasserstrahl mich nass spritzte. Ich schüttelte mich und schaute um mich. Gegenüber vom Park lagen ein paar Bistros und kleine Läden im Schatten nebeneinander.

Ich drehte mich zu Tabby und rief: »Ich muss mal kurz was erledigen! Bin gleich wieder da, okay?«

Sie machte eine lässige Handbewegung, der ich entnahm, dass es ihr egal war, und ich verließ den Park und ging direkt zu dem Friseur, den ich gerade entdeckt hatte.

Der Laden war leer. Gut. Keine Zeit, es mir noch mal zu überlegen.
Ein stark geschminktes Mädchen mit orangefarbenen Haaren legte die Zeitschrift zur Seite, in der sie gerade gelesen hatte, stand auf und sah mich freundlich an.
»*Bonjour Monsieur.*«
»*Bonjour, couper s'il vous plaît.*«
Sie deutete auf einen der vier Stühle und band mir einen Nylonumhang um, unter dem ich gänzlich verschwand. Mit dem Fuß pumpte sie den Stuhl ein wenig hoch, während sie ein Lied summte. Ihre Fingernägel waren lang und glänzend schwarz lackiert. Vorsichtig machte sie meinen Pferdeschwanz auf und schaute mich im Spiegel an.
»*Combien de centimètres?*«
»*Tout.*«
»*Tout? Tu es sûr? Ils sont longs, n'est-ce pas?*«
Ich nickte. Ich war bereit für etwas Neues. Ein anderes Ich. Ein anderer Eppo. Das Mädchen hielt den Kopf schräg, während sie meine Haare sorgfältig kämmte. Im Spiegel suchte sie meine Augen. Ich wandte den Blick ab.
Kurz bevor sie die Schere zuschnappen ließ, sah sie mich noch einmal fragend an. Wieder nickte ich. Das trockene Geräusch bereitete mir Gänsehaut. Mein Nacken war jetzt frei.
»*Encore plus court?*«
Ich zeigte auf das Poster eines Mannes mit Kurzhaarfrisur. Die Ohren frei und der Rest ein wenig hochgegelt.
Das Mädchen summte weiter beim Schneiden, während ich sah, wie sich mein Spiegelbild in jemanden verwandelte, den ich nicht

kannte. Es war wie jemanden anstarren, den man bestimmt schon mal gesehen hat, sich aber nicht mehr entsinnen kann, wer es war. »Kennen wir uns nicht?« Diese Frage.

Und ich wartete. Ich wartete, bis auch mein Inneres befremdet feststellen würde, dass es nicht mehr zum Äußeren passte. Dass alles, was ich spürte, in diesem Körper nichts zu suchen hatte und aus mir rausfließen würde, auf dem Fußboden landen würde, zwischen den Haarsträhnen, die allmählich immer mehr wurden. Aber das passierte nicht. Mein Kopf schien lockerer mit meinem Hals verbunden zu sein, jetzt, da er das ganze Haar nicht mehr zu tragen brauchte. Aber das Gewicht, das auf mir drückte, wog kein einziges Gramm weniger als zuvor.

Tabby hielt sich die Hand über die Augen, als ich über den sonnenüberfluteten Stoppelrasen auf sie zuging.

»Eppo?«

Langsam stand sie auf, wartete, bis ich fast bei ihr war, und schlug sich dann die Hand vor den Mund.

»Was hast du gemacht? Was hast du denn jetzt gemacht? Was hast du mit deinen Haaren gemacht?«

Diese Frage brauchte ich ja wohl kaum zu beantworten. Sie ging um mich herum, strich über meinen kurz geschorenen Hinterkopf.

»Warum machst du denn so was?«

»Vielleicht ein neuer Anfang ...«

Mitleidig schüttelte sie den Kopf, sah mich an. »Kein schlechter Versuch, aber Kummer kann man nicht einfach abschneiden.«

Ich ignorierte ihre Bemerkung und sagte: »Es fühlt sich ziemlich gut an, der Wind im Nacken und so.«

Sie lächelte und fing an, die Picknicksachen wieder einzupacken.
»Das war bestimmt das erste Mal, dass du beim Friseur warst.«
»Ja. Meine Mutter hat immer einmal pro Jahr ein Stück abgeschnitten.«
Ich stopfte den Abfall in eine leere Brottüte und warf sie in den Abfalleimer neben der Kastanie.
»*On y va*«, sagte Tabby, und als wir im Auto saßen, schaute sie so oft zur Seite, dass sie um ein Haar einen Fußgänger gestreift hätte, der die Straße überquerte.
»Das ist aber auch heftig, sich einfach so die Haare abzuschneiden«, sagte sie erschreckt und versuchte, mir die Schuld für ihre eigene Unachtsamkeit zu geben. Ich musste darüber lachen.
Sie lachte mit und sagte: »Vielleicht hast du ja doch recht, was den Neuanfang betrifft ...«
Ich zuckte mit den Schultern und sah aus dem Fenster, wo sich die Kühe auf der Weide unter einer großen Eiche zusammendrängten, auf der Suche nach ein wenig Schatten. Ich konnte es nicht lassen, mit der Hand über meinen Hinterkopf zu fahren, die kurzen Haare gegen den Strich zu streifen. Es war ein angenehmes Gefühl. Bis mir klar wurde, warum, und ich das Gefühl unter meiner Hand erkannte. Dann haute mich die Sehnsucht abermals um und ich konnte wieder von vorne anfangen.

Er war da, als ich aus der Schule kam. Es war Mittwoch, nicht Freitag. Und ich sah sofort, warum.

»Was haben sie jetzt schon wieder mit dir angestellt?« Ich warf meine Tasche in die Ecke und zog mir die Jacke aus.

»Was ist das?« Um seine Schultern war ein seltsames breites Band gewickelt und er verzog das Gesicht, als ich mich neben ihn setzte.

»Schlüsselbeinbruch. Geht schon.«

Anke kam mit einem Eisbeutel aus der Küche. Hendrik rief den Schuldirektor an. Er regte sich mächtig auf. Maarten ließ den Kopf hängen.

»Wer war es dieses Mal? Wieder Kick?«, fragte ich.

Seit dem Abend im Vereinshaus war er in seiner früheren Clique total unten durch. In der Schule wurde ihm das Leben unmöglich gemacht, immer wieder. Vor ein paar Wochen hatte man ihm während der Praxisstunde Schweißen die Hand verbrannt. Der Lehrer nannte es ein Versehen und Kick kam damit durch.

Maarten nahm Anke das Eis aus den Händen, ehe sie es auf seine Schulter legen konnte.

»Ich geh nach oben.«

»Komm nur, ich helf dir die Treppe rauf«, sagte Anke.

»Ich bin kein Baby. Bemutter mich nicht so!«, schnauzte er.

Er griff nach meiner Hand und ich half ihm auf.

Oben legte er sich mühsam aufs Bett, auf der Suche nach der Haltung, in der er am wenigsten Schmerzen hatte. Seine ungelenken Bemühungen irritierten ihn, sein Fuß verfing sich im Laken und fluchend warf er es von sich.

»Ganz ruhig. Komm mal her.« Ich zog ihm das Laken weg, setzte mich aufs Bett und lehnte den Rücken gegen die Wand. Dann zog ich ihn an seinem gesunden Arm näher und klopfte auf meinen Oberschenkel. »Leg deinen Kopf hierher.« Er drehte sich zur Seite, zog die Beine hoch und seufzte.

Vorsichtig legte ich das Eis auf seine schmerzende Schulter und streichelte ihm über den Kopf, bis er sich beruhigt hatte. Seine kurzen Haare kitzelten meine Hand. »Was ist passiert, Maarten?«

»Es war Klaue. Mit einem Schraubenschlüssel. Und mehr mag ich nicht darüber erzählen. Ich schmeiß die Schule.«

»Es sind nur noch drei Monate.«

»Das sind drei Monate zu viel.«

»Und dein Abschluss? Bist du dafür zweimal sitzen geblieben? Um jetzt noch aufzugeben?«

»Ich überlebe das nicht, Eppo. Beim nächsten Mal schlagen sie mich tot. Die Lehrer tun, als würden sie nichts merken. Und weißt du was? Ich kann es ihnen nicht mal übel nehmen. Es ist meine eigene Schuld. Ich bin ein mieser Typ.«

»Vielleicht. Aber der liebste miese Typ, den ich kenne.«

Mühselig setzte er sich auf und ließ sich neben mich gegen die Wand sacken.

»Tu nicht so soft, Eppi.«

Ich konnte ihm nie sagen, wie sehr ich ihn liebte. Nicht einmal, indem ich ihn einen miesen Typen nannte.

Da will ich hin«, sagte Tabby, während sie bremste und auf einen Wegweiser zeigte. PISCINE stand darauf. Daneben war ein schwarzes Männchen gezeichnet, das durch drei Wellen schwamm, ohne ein Dach über dem Kopf.

»Da ist bestimmt jede Menge los«, seufzte ich und wischte mir die Stirn mit dem Saum meines T-Shirts ab.

»Ist mir egal, ich will ins Wasser.«

Im Schritttempo und mit geöffneten Fenstern drehten wir Runde um Runde auf dem hoffnungslos überfüllten Parkplatz.

»Es hat keinen Zweck, Tabby.«

»Aber ich schmelze gleich. Hier wird doch wohl irgendwo noch ein Platz sein?«

Am anderen Ende des Parkplatzes tauchte eine Familie auf. Überhitzte, quengelnde Kinder an der Hand der Mutter. Ein aufblasbares Gummitier und Badesachen in den Armen des Vaters.

»Da!«, schrie Tabby und fuhr viel zu schnell auf sie zu, um sie anschließend ungeduldig bei laufendem Motor mit nervös flackernden Blinkern zur Eile zu mahnen.

Kurze Zeit später erhielt das Wort »voll« eine ganz neue Bedeutung. Das Wasser war wirklich schwarz vor Menschen. War da überhaupt Wasser? Die Liegewiese um das Schwimmbecken war ein Labyrinth aus ausgebreiteten Strandtüchern und Körpern in allen Größen und Formen. Die Schlange vor den Umkleiden war so lang, dass Tabby sich ungeschickt unter ihrem Handtuch in ihren Bikini zwängte, um sofort ins Wasser zu springen. Na ja, sie konnte sich nur vorsichtig zwischen zwei anderen ins Wasser sacken lassen.

»Großartig ist das, Eppo, komm auch rein!« Im Zickzack schwamm sie zur anderen Seite.

Um mich herum hörte ich so viel Niederländisch, dass es mir vorkam, als hätte ich auch kurz mit dem Rad von zu Hause aus herkommen können. Ich zog meine Schwimmshorts an, ging ins Wasser und konnte Tabby nur recht geben. Obwohl man nicht mal zwei Züge ungestört schwimmen konnte, war es einfach großartig.

Ich fand Tabby erst wieder, als ich aus dem Schwimmbecken kam. Sie sonnte sich auf ihrem Handtuch und reichte mir wortlos ihre Sonnenmilch. Vorsichtig cremte ich ihren Rücken ein, zog mir ein T-Shirt an und setzte meine Kappe auf. Meine helle Haut vertrug die Sonne des Südens nicht. Wir gingen schnell wieder ins Wasser, es war nicht zum Aushalten in der Hitze.

Gegen Abend leerte sich die Wiese allmählich. Familien mit kleinen Kindern gingen nach Hause. Mir reichte es eigentlich auch und schließlich gab Tabby meinem Drängen nach.

»Ich zieh mich schnell dahinten um, ja?« Sie raffte ihre Sachen zusammen und stellte sich in die Reihe vor den Umkleidekabinen. Durch die Lautsprecher wurden alle Leute gebeten, das Schwimmbad zu verlassen, da es in Kürze schließen würde. Ich setzte mich auf eine Bank unter einem Baum in den Schatten und wartete dort auf Tabby. Sie war jetzt an der Reihe, winkte mir kurz zu und verschwand dann in dem gelben Gebäude.

Ich fragte mich gerade, wie lange es bloß dauern konnte, zwei Lappen Stoff gegen zwei etwas größere Lappen Stoff auszutauschen, als sie endlich wieder auftauchte. Ich sah sofort, dass etwas passiert war. Ihr Gesicht war trotz des langen Sonnenbads ganz blass.

»Was ist los?«

Sie setzte sich und ließ ihre Sachen ins Gras fallen.

»Tabby, was ist passiert?«

»Ich bin auf diesem arschglatten Scheißfußboden ausgerutscht. Das ist passiert.«

»Tut dir was weh?« Ich musterte ihren mageren Körper und sah, wie schlaff ihre rechte Hand in ihrem Schoß lag.

»Deine Hand?«

»Das Gelenk. Ich bin hingefallen und hab versucht, mich abzustützen. Alles die Schuld von dieser dicken Madame, die sich meine Kabine unter den Nagel reißen wollte.«

Wieder schallte eine Stimme aus den Lautsprechern. Das Gelände war plötzlich verlassen. Ein Bademeister holte gerade genervt den letzten Schwimmer aus dem fast spiegelglatten Wasser. Die Sonne stand niedrig zwischen den Bäumen und tauchte alles in ein orangefarbenes glühendes Licht.

»Wir müssen hier weg«, sagte Tabby und langte nach ihren Sachen.

»Warte, lass mich.«

Am Ausgang sprach ich jemanden an. Mit vielen Gesten erklärte ich, was geschehen war. Der Mann zeigte auf den geschlossenen Erste-Hilfe-Posten und erklärte mir den Weg zum nächsten *hôpital*.

»Komm jetzt, Eppo. Es geht schon.« Sie fasste mich am Ellbogen. Ich murmelte »*Merci*« und folgte ihr. Unser Auto stand verlassen da und funkelte in der Abendsonne.
»Ich leg deine Sachen rein und dann müssen wir zusehen, dass wir zum Krankenhaus kommen.«
»Das ist echt nicht nötig.«
»Tabby, sei nicht so stur. Wir müssen zum Arzt.«
Mit der linken Hand öffnete sie die Autotür und stieg mit schmerzverzogenem Gesicht in den glühend heißen Wagen.
Kopfschüttelnd setzte ich mich neben sie.
Ihre rechte Hand lag wie ein lahmer Flügel in ihrem Schoß, während sie mit viel Mühe mit der linken den Schlüssel ins Zündschloss steckte und startete. Sie schaffte es nicht mal, sich anzuschnallen, und war zu stur, mich um Hilfe zu bitten.
Da saßen wir dann. Bei laufendem Motor.
»Und jetzt, Tabby?«
»Wenn du schalten könntest, klappt das schon.«
»Ich kann nicht Auto fahren. Ich hab keine Ahnung, wie man schaltet. Das Einzige, was ich will, ist dich zu einem Krankenhaus bringen, damit sich ein Arzt dein Handgelenk ansehen kann. Es wird schon ganz dick.«
»Schau einfach auf die Zahlen auf dem Schaltknauf. Los, Eppo. Gleich tut es bestimmt nicht mehr weh. Leg den ersten Gang ein, ja?«
»Du spinnst«, murmelte ich, aber ich schaffte es, den ersten Gang zu finden. »Also gut. Aber du fährst ganz langsam, du sagst mir rechtzeitig, was ich machen soll, und der einzige Weg, den wir nehmen, führt zum Krankenhaus, abgemacht?«

Sie willigte ein.
Wir kehrten zu der Kreuzung zurück, an der wir über dem Wegweiser zum Schwimmbad auch ein Schild mit einem H in einem Quadrat gesehen hatten. Ein paarmal würgten wir das Auto ab und die Kurve auf dem Krankenhausparkplatz wäre fast schiefgegangen, aber letztlich klappte es.
Drinnen war es angenehm kühl. Die Frau am Empfang schickte uns ins Wartezimmer der Notfallsprechstunde, wo ein alter Mann saß und ein Kind mit einer geschwollenen Lippe. Ein Fernseher lief ohne Ton. Tabby war ziemlich still. Ich fragte ein paarmal, wie's ihr ging, und holte an einem Spender einen Becher Wasser.
Im Wartezimmer hingen Poster von alten Leuten im Rollstuhl, einem glatzköpfigen Kind und schwangeren Frauen.
»Findest du's hier auch so kalt?«, fragte sie nach einer Ewigkeit.
»Nein. Soll ich dir deinen Pulli aus dem Auto holen?«
»Lass nur.«
Ich wollte schon aufstehen, als der Arzt ihren Namen aufrief. »Tabita«, sagte er, ich hatte schon vergessen, dass sie so hieß. Tabby schubste mich an und ich stand mit auf, als würde ich zu ihr gehören. Richtig zu ihr gehören. Der Arzt hörte sich ihre Geschichte an, betastete ihr Handgelenk kurz und sagte etwas, von dem ich nur *rayon X* verstand.
»Sie wollen eine Röntgenaufnahme machen.«
»Ja, das hatte ich kapiert.«
Der Arzt lächelte kurz, wollte uns schon vorausgehen, als er sich noch mal umdrehte und fragte: »*Vous êtes enceinte? Ou y aurait-il une possibilité que vous soyez enceinte?*«

Tabby schaute ihn verwirrt an. Der Arzt zeigte auf das Poster einer schwangeren Frau. »*Vous êtes enceinte?*«
Jetzt erst verstand ich und zu meinem großen Erstaunen nickte sie. »*Oui*«, sagte sie leise und ging mit dem Arzt weg.
Mich ließ sie mit einem Kopf voller Fragen und viel Zeit zum Nachdenken im Wartezimmer zurück.
Sie war schwanger.
Es war, als hätten wir die ganze Zeit einen blinden Passagier an Bord gehabt, der jetzt aus seinem Versteck gekrochen war. Unsere gesamte Reise wurde in ein anderes Licht getaucht. Als sie so wütend wurde, war sie schwanger. Als sie mich gesucht hatte, um zu verhindern, dass ich Dummheiten begehen würde. Da war das Kind schon da gewesen. Ihr Tiefschlaf. Nicht frühstücken. Rauchen und damit aufhören wollen. Wegen des Kindes?
Das Weinen.
Und plötzlich wusste ich, warum sie weggegangen war.
Tabby kam zurück. Ihr Unterarm war eingegipst und in ihrer Tasche steckte eine Packung Schmerzmittel. Schweigend gingen wir zum Auto. Ich wartete, bis sie was sagen würde, aber das tat sie nicht. Es war schon dunkel, aber immer noch warm. Eine schwüle Brise umspielte meine freien Ohren. Wir sahen einander über das Autodach hinweg an.
»Rob will es nicht. Und du wohl«, versuchte ich. Sie stieg ein, ich setzte mich neben sie. Das gelbe Licht einer Straßenlaterne fiel durch die Windschutzscheibe.
»Er findet mich zu jung. ›Dein Leben muss doch erst noch anfangen‹, sagt er. ›Erst mal eine Ausbildung. Kinder bekommen können wir später noch.‹«

»Es war also nicht geplant?«

Tabby nickte langsam. In ihren Augen stiegen Tränen auf, die Streifen über ihre Wangen zogen. »Es war nicht geplant, aber jetzt ist es da. Und ich behalte es. Ich will keine Ausbildung machen, das ist nichts für mich. Er weiß nicht, wie es ist, immer sechs Wochen allein zu Hause zu sein, wenn er auf See ist. Mir fällt die Decke auf den Kopf. Ich will dieses Kind, sein Kind.«

»Wie weit bist du?«

»Dreizehnte Woche. Noch eine Woche und ich kann zurück nach Hause. Nach vierzehn Wochen kann man nicht mehr abtreiben lassen.«

»Bist du darum weggelaufen?«

»Ja. Ich habe mich nicht getraut, es ihm zu erzählen, und habe ihn erst angerufen, als er schon auf See war. Er wurde wütend. »Sorg dafür, dass es weg ist, wenn ich wieder da bin«, hat er gesagt. Ich fand, dass ich lieber selbst weggehen sollte. Weit weg. Ich hab sofort meine Sachen gepackt und bin losgefahren. Und am selben Tag noch begegnete ich dir. Ach … Du wirst schon sehen: Wenn es erst mal da ist, ändert er seine Meinung.«

»Das hoffst du.«

Tabby brach in Schluchzen aus, sie wurde kleiner und kleiner, stützte den Kopf aufs Lenkrad und hörte nicht auf zu weinen. Ich legte ihr die Hand in den Nacken und streichelte ihren Rücken.

»Solltest du ihn nicht mal anrufen? Er macht sich sicher große Sorgen.«

»Er wird so wütend sein, Eppo. Bestimmt will er mich nicht mehr. Und ich gehe nicht zu meinen Eltern zurück. Niemals. Was soll ich jetzt machen?«

»Nun warte erst mal ab. Wir suchen jetzt einen Schlafplatz, es war ein langer Tag. Morgen sehen wir weiter. Kannst du fahren, meinst du?«

Sie rieb sich die Augen trocken und nickte. Langsam fuhren wir vom Parkplatz. Es war das erste Mal, dass wir so spät unterwegs waren. Hoffentlich fanden wir noch einen Campingplatz.

»Bieg hier mal rechts ab, ja? Und halt dann an.«

Tabby duckte sich und spähte durch die Windschutzscheibe zu den Neonbuchstaben auf dem Dach. »Ein Hotel?«

Ich nickte und öffnete die Wagentür. »Ich lade dich ein. Wir haben heute mal ein echtes Bett verdient, meinst du nicht auch?«

Sie lächelte müde: »Du bist ein Schatz, Eppo.«

Ich merkte, wie ich rot wurde, und half ihr beim Aussteigen. Wir konnten gerade noch einchecken. In dem kleinen Zimmer standen zwei Betten aneinander.

»Soll ich sie auseinanderschieben?«, fragte ich, während ich ihre Sachen ins Badezimmer stellte.

»Wegen mir nicht«, sagte sie.

»Wegen mir auch nicht«, sagte ich lächelnd und ließ mich auf das Bett am Fenster fallen.

Eine Weile später lagen wir in dem dunklen Hotelzimmer und lauschten den Geräuschen anderer Menschen in den anderen Zimmern. Schritte, eine brummende Aufzugtür, aufgeregte Stimmen. In meinem Kopf suchte ich nach tröstenden Worten, etwas, was ich sagen konnte, um sie zu beruhigen, aber ehe mir was eingefallen war, sagte sie mit einem Seufzer: »Schlaf gut, Eppo.«

»Gute Nacht, Tabby.«

Es fühlte sich seltsam an, mit ihr im Frühstücksraum zu sitzen. Nach all den Morgen mit einer Packung Saft und Baguette, im feuchten Gras sitzend oder im Stehen ans Auto gelehnt, war das hier ein unerhörter Luxus.

»Kaffee?«, fragte ich und hob das kleine Kännchen ein wenig an. Sie grinste kurz und nickte, während sie Stückchen von ihrem Croissant riss und sich in den Mund steckte.

»Was machen wir jetzt, Tabby?«

Sie zuckte die Schultern. »Dasselbe wie immer, oder?«

»Ich weiß nicht. Irgendwie habe ich das Gefühl, es ist vorbei. Wir müssen zurück. Du jedenfalls.«

»Kommt gar nicht infrage. Noch eine einzige Woche, Eppo.«

»Gib ihm zumindest Bescheid. Sag ihm, dass du okay bist.«

Energisch schüttelte sie den Kopf. »Ich kann das nicht. Wenn ich nur daran denke, ihn anrufen zu müssen, fange ich an zu zittern.« Sie legte ihr halb aufgegessenes Croissant hin und wischte sich die Finger an der Serviette ab.

»Ich bin fertig.«

»Und was ist mit deinem Kaffee?«

»Keine Lust mehr drauf.«

Sie stopfte die kleinen Töpfchen mit Marmelade und Schokocreme in ihre Taschen, rollte die restlichen Brötchen in ihre Serviette und schnappte sich noch einen Apfel vom Büfett.

Im Auto starrte sie unentschlossen vor sich hin. Ihre Finger, die aus dem Gips hervorlugten, tasteten nach dem Zündschlüssel, um sofort wieder loszulassen. Es war ein wunderbarer Morgen und bestimmt würde es wieder ein heißer Tag werden. In dem Baum neben dem Auto gab ein Finke sein Bestes. Es klang übertrieben fröhlich.

»Hast du nicht so ein Gefühl?«, fragte ich.

Sie seufzte und sah mich an.

»Ich hab all die Wochen so getan, als wäre nichts. Ich schlage vor, dass ich damit weitermache und du schön mitmachst. Ich habe null Bock auf tiefschürfende Gespräche oder mitleidige Blicke.«

Sie startete, ließ den Motor aufheulen und schenkte mir ein schiefes Grinsen.

»*On y va!*«

Sosehr Tabby sich auch anstrengte, so zu tun, als hätte sich nichts geändert, es gelang ihr nicht. Sie war stiller, gab der steigenden Temperatur die Schuld. Außerdem klagte sie die ganze Zeit, wie sehr sie unter dem Gipsverband schwitzte und wie elendig es juckte. Mich machte die Stimmung im Auto ganz nervös – all das Unausgesprochene, das an uns klebte. Ich musste an die letzten Wochen mit Maarten denken. Eine Erinnerung, die in meinem Kopf alle Alarmglocken schrillen ließ, wenn ich nur von ferne daran dachte.

»Wer ist Charlotte?« Ich hielt ihm sein Handy hin, das gerade gepiept hatte, während der Name auf dem Display erschienen war.

Er riss es mir aus den Händen und las die Nachricht. Er konnte ein Lächeln nicht unterdrücken. Es fühlte sich an, als würde ich eine Ohrfeige bekommen.

»Niemand, jemand von meiner Arbeit.«

Seit Kurzem hatte er einen Job in einem Supermarkt in der Stadt. Ich sah ihn noch weniger als zuvor. Er musste Ware auspacken, Regale einräumen, solche Sachen. Dachte ich. Offensichtlich gab es da noch mehr. Zum Beispiel Mädchen, die Charlotte hießen.

Er zog den Reißverschluss seiner Jacke zu und nahm eine betont lässige Haltung an, wodurch die gesamte Situation nur noch schwerer wog. »Gehen wir?«

Wir wollten zum Strand radeln, obwohl der Himmel bewölkt war.

Schweigend fuhren wir nebeneinander, den Wind im Rücken, und stellten die Räder unten an den Dünen ab

»Wer als Erster oben ist«, sagte Maarten. Er gewann immer. Ich trottete das letzte Stück des Dünenpfads hoch und ließ mich außer Atem neben ihn auf die Bank fallen. Wir schauten auf das Meer, das sich grau und kalt vor uns erstreckte. Ein Containerschiff fuhr nah an der Küste entlang, das weiße Segel eines kleinen Bootes daneben schien das große Schiff in zwei Hälften zu teilen. Die Seeluft roch plötzlich nach Diesel. Ich rückte näher zu ihm. Er stand auf, sagte: »Komm«, und ging runter zum Wasser.

Ich versuchte es auch. Genau wie er versuchte ich zu tun, als wäre nichts geschehen.

Wir schmissen Stöcke in die Brandung, gruben am Wellenbrecher Krabben aus und lachten über die Sanderlinge, die gruppenweise vor den sich zurückziehenden Wellen hin und her trippelten, auf der Suche nach Nahrung, die das Meer auf den Strand geworfen hatte.

Wir teilten uns einen Apfel und eine Waffel und liefen gegen den Wind an, bis uns die Augen tränten, kehrten um und ließen uns vom Wind zurückschieben, wobei wir über alles Mögliche redeten, außer über das, worüber wir reden mussten, um das Gewicht von unseren Schultern zu nehmen.

Ich wollte es nicht wissen, ich wollte nicht fragen. Eine Antwort bekam ich kurz darauf trotzdem. Als er seine Hand, nach der ich griff, in der Jackentasche versteckte, als wäre ihm kalt.

»Lass uns zurückgehen«, sagte er, ohne mich anzusehen. »Gleich wird's dunkel und wir bekommen Gegenwind.« Mit bleischweren Beinen stolperte ich hinter ihm her über die Düne wieder zurück zu den Rädern. Meine steifen Finger bekamen das Schloss nur mühsam auf, und als wir losgefahren waren, schaffte ich es nicht, mit ihm mitzuhalten.

»Los, Eppi! Häng dich an mich!« Er sah sich um und winkte. Aber ich schaffte es nicht, sosehr ich es auch versuchte. Ich fühlte mich leer und konnte kaum richtig in die Pedale treten.

Als er anhielt und wartete, bis ich ihn eingeholt hatte. Als ich bei ihm war und ihm in die Augen sah.
Da war der Abstand noch immer da.

Je weiter wir fuhren, desto voller wurden die Straßen.
»Wo kommen die ganzen Autos denn plötzlich her?« Sie schaute in die verlassene Landschaft.
»Vielleicht hat's einen Unfall gegeben?«
Der Verkehr stockte und kam schließlich zum Erliegen.
»Pfff.« Sie schaltete in den Leerlauf und nahm erschöpft den Fuß von der Kupplung. Ihr Ellbogen war in dem geöffneten Fenster abgestützt, sie drehte an der Lüftung, die schon ganz aufgedreht war, und seufzte wieder. Das Auto hinter uns hupte, als sich die Schlange wieder in Bewegung setzte, aber Tabby machte nur eine »Immer-mit-der-Ruhe-Geste« und blieb stehen. Das Auto überholte uns scharf und scherte in die Lücke ein, die entstanden war.
»Herzlichen Glückwunsch, kann ich da nur sagen, das macht einen großen Unterschied«, sagte sie spöttisch.
Eine Stunde lang fuhren wir im Schritttempo. Tabby fragte mindestens zehn Mal, ob ich nichts sehen könne, Blaulichter oder ein Auto auf dem Kopf oder so was. Auf der Suche nach Verkehrsinformationen probierte sie alle Radiosender durch.
Vor uns stand ein Wagen mit zwei Kindern. Sie hatten die Sicherheitsgurte gelöst, knieten auf der Rückbank und winkten uns zu. Sie drückten selbst gemalte Bilder vor die Scheibe und hielten die Daumen hoch, während sie eine fragende Miene zogen.
Ich hob den Daumen. Darüber freuten sie sich, sie stießen einan-

der in die Seite und kicherten. Durch die offenen Fenster konnte ich es hören. Tabby reagierte nicht, sie sah überhitzt aus und trommelte nervös mit den Fingern auf das Lenkrad.
»Ich krieg hier keine Luft mehr. Sollen wir umkehren? Ich wende. Wenn's innerhalb der nächsten Viertelstunde nicht vorangeht, kehre ich um, okay?«
Es war unerträglich heiß.
»Da!«, rief Tabby, und bevor ich sehen konnte, was sie meinte, schlug sie das Lenkrad ein und holperte in einen Feldweg. Einen Moment dachte ich, sie würde wenden, aber das machte sie nicht.
»Was hast du vor? Das hier ist wahrscheinlich nicht mal ein Weg!«
In der Mitte wuchs das Gras so hoch, dass man hören konnte, wie es gegen das Auto strich. Die Federung protestierte ächzend gegen alle Kuhlen und Unebenheiten.
»Wir fahren, Eppo. Merkst du das? Wir fahren!«
Ich hielt mich an dem Griff über der Tür fest und mir wurde ganz schlecht von dem Geholper, das sie fahren nannte.
»Gleich landen wir auf einer Kuhweide.«
»Gut. Dann stellen wir da eben unser Zelt auf.«
Der Weg war eher eine Karrenspur, die zusehends schmaler wurde. Tiere sprangen verschreckt zur Seite.
»Oh, hast du das Kaninchen gesehen?«
»Ja. Es schaute, als wäre es noch nie einem Auto begegnet. Du kannst nicht mal wenden, Tabby. Wenn du den Motor hier abwürgst, sitzen wir fest.«
»Wo ist deine Lust am Abenteuer geblieben, Eppo?«
»Hatte ich die jemals?«

Sie schaute kurz zur Seite und lachte, sah dann wieder konzentriert nach vorn. »Sorry, mir war eben entfallen, was für ein Langweiler du bist.«

Wir fuhren noch langsamer als im Stau, aber Tabby schaute so entschlossen, dass ich mich nicht traute, das zu sagen. Ihre Wangen waren rot, Schweißtropfen hingen in den kurzen Härchen in ihrem Nacken und ihr T-Shirt war bis zum Nabel nass.

»Wenn du mich lange genug angestarrt hast, könntest du mir dann mal die Wasserflasche geben?«

Ertappt wandte ich den Blick ab und reichte ihr die Flasche.

»Igitt, warm, willst du noch?«

Ich schüttelte den Kopf. Sie trank alles auf und schraubte den Verschluss wieder zu.

»Sieh nur, Eppo«, sagte sie nachdrücklich und stellte die Flasche im Zeitlupentempo wieder zwischen die Sitze.

»Was soll ich sehen?«

»Ich habe die Flasche nicht aus dem Fenster geworfen«, sagte sie mit beleidigtem Unterton. »Extra wegen dir«, fügte sie mit ihrem nettesten Lächeln hinzu.

»Tausend Dank, Tabby. Das muss sehr schwierig für dich gewesen sein. Respekt!«

Sie lachte übertrieben, warf den Kopf in den Nacken.

Mir war inzwischen speiübel von dem Hin-und-her-Geschüttel.

»Können wir nicht mal anhalten?«

»Noch nicht. Ich will wissen, wohin dieser Weg führt.«

Das merkten wir kurz darauf. Tabby hielt an und sah mich niedergeschlagen an.

»Nicht mal Kühe gibt es hier«, sagte ich nach einer Weile.

»Und dort, dahinten? Ist das kein Haus?«
Ohne meine Antwort abzuwarten, gab sie wieder Gas. »Wo ein Haus ist, ist auch eine Straße.«
Wir holperten über die Weide. Tabby steuerte auf ein Gatter zu und ließ mich aussteigen, um es zu öffnen. Völlig erledigt stolperte ich aus dem Wagen.
»Ich bin seekrank«, sagte ich.
»Du bist was?«
»Seekrank!«, rief ich und ich taumelte wie ein Betrunkener auf das Gatter zu.
»Weichei! Vergiss nicht, dass ich mit einem Steuermann verheiratet bin.«
Sie fuhr durch das geöffnete Gatter und ließ mich wieder einsteigen.
»Seid ihr verheiratet?«
»Nein. Das kommt noch«, sagte sie überzeugt, als hätte sie niemals eine Nacht lang geheult vor Angst, verlassen zu werden.
Noch bevor sie wieder losfahren konnte, stieg ich aus, schlug die Wagentür mit einem Knall zu und ging mit großen Schritten weg. Der Hofhund folgte mir laut bellend. Der schmale Zufahrtsweg bestand aus lauter Kuhlen, Grillen zirpten am Wegrand. Einen Moment später fuhr sie neben mir her.
»Was ist denn plötzlich in dich gefahren?«
Ich steckte die Hände in die Hosentaschen und ging weiter.
»Eppo! Jetzt sei nicht so, was ist los?«
Ich blieb so abrupt stehen, dass sie an mir vorbeifuhr. Mürrisch sah ich zu, wie sie holpernd wieder ein Stück zurücksetzte. Ich wartete, bis sie aussteigen würde; das dauerte eine Weile. Wider-

willig schwang sie die Beine aus dem Auto und kam auf mich zu, die Hände fragend ausgebreitet.
»Was?«
»Ich kann das nicht, Tabby. Ich habe keine Lust, so zu tun, als gäbe es das Kind nicht. Als wäre alles in Ordnung, während du Angst hast und diese Angst hinter Rumgequatsche und dummen Witzen verstecken willst. Das geht nicht mehr.«
Erstaunt hielt sie den Mund. Nur ganz kurz.
»Und was ist mit mir? Ich tue seit Tagen, als würde ich deinen Kummer nicht sehen. Als wäre alles in Ordnung, während du dich quälst und alles hinter einem coolen Gesicht und dem großen Schweigen verstecken willst. Sogar wenn du buchstäblich krank wirst vor Elend, glaube ich an verdorbene Eier oder eine platt gefahrene Taube.«
Ich fühlte mich ertappt.
Sie sah mich eindringlich an, aber in ihrem Blick lag keine Spur von Triumph.
»Wir sind echt ein schönes Paar, was?«, sagte ich leise.
»Wir passen ganz gut zusammen, Eppo.«
Langsam schüttelte ich den Kopf.
»Nein, Tabby. Ich hätte dich richtig trösten müssen, in dieser Nacht, als du so geweint hast. Ich hätte fragen müssen, was geschehen ist. Ich hätte für dich da sein sollen. Aber ich war zu feige.«
»Du hattest keine Lust auf das Elend anderer Leute. Das konntest du nicht auch noch brauchen. Und ich hätte dir sowieso keine Antwort gegeben.«
Tabby kam näher und setzte sich unter einen großen Baum am

Wegrand. Es fühlte sich an wie eine Kapitulation. Die Spannung ließ nach.

»Du hast auch nicht geantwortet, wenn ich nach ihm fragte, also habe ich das nicht mehr gemacht«, sagte sie und sah mich von der Seite an.

Ich fühlte mich plötzlich schlaff und leer und ließ mich neben sie ins Gras fallen.

»Versuch es noch mal.«

Sie sah mir die ganze Zeit in die Augen. Suchte sie den Beweis, dass ich es aufrichtig meinte? »Wie ist er gestorben?«

»Ein Unfall. Von einem Auto überfahren worden. Genau in dem Moment, als sich sein Leben in die richtige Richtung entwickelte. Er war voller Mut, er dachte an später. Ich glaube, er war glücklich. Das macht es so schrecklich.«

»Oder gerade nicht.«

»Ich verstehe, was du meinst, aber ich kann das unmöglich so sehen. Am Sterben ist nichts Gutes. Was manche Leute auch behaupten mögen über Launen des Schicksals oder diesen Unsinn von wegen ›Daraus lernt man, es macht einen nur stärker‹, das ist lächerlich. Es fühlt sich an, als wäre mir ein Arm abgerissen worden. Er fehlt mir jede Sekunde, bei allem, was ich tue, und jeden Morgen beim Aufwachen denk ich einen Moment lang, es sei ein Traum gewesen. Die Erkenntnis, die dann folgt, macht mich für den Rest des Tages wieder völlig fertig.«

»Und dennoch wird ein Morgen kommen, an dem du weißt, dass es wahr ist, und du es akzeptieren kannst.«

»Woher hast du das denn? Aus einer Frauenzeitschrift?«

»Die Zeit heilt alle Wunden, oder?«

»Zeit, was ist das? Du willst Zeit gewinnen, ich wollte sie anhalten.«
»Wollte?«
»Ich habe mich doch nicht getraut.«
»Du hast wirklich daran gedacht? Auf der Brücke?«
»Ich habe jeden Tag daran gedacht. Damit es endlich nicht mehr wehtut. Aber ich weiß auch, dass das nichts bringt.«
Es war ein Bekenntnis, das sogar Tabby verstummen ließ. Ich stand auf, legte die Hände auf den Stamm der Eiche und umrundete sie langsam, spürte, dass die eine Seite des Baumes wärmer war als die andere.
Tabby setzte sich auf die Motorhaube und fragte: »Hast du ein Foto von ihm?«
Ich zog mein Portemonnaie aus der Hosentasche und fischte mit zwei Fingern ein Foto heraus. Eines der wenigen, auf dem er keine Grimasse zieht, weil er nicht wusste, dass ich ihn fotografierte. Er steht oben auf einer Düne und schaut übers Meer, die Hände entspannt neben dem Körper. Als ich abgedrückt hatte, sah er mich, kam auf mich zu und versuchte, das Foto zu löschen. Unsere Rangelei endete in dem letzten Mal. Das letzte Mal, dass er mir erlaubte, ihn zu lieben.
»Er sieht sehr gut aus.«
Ich ertrug es nicht, dass sie sich das Foto so lange anschaute, und nahm es ihr ab.
Dann zeigte sie mir etwas. Ein grobkörniges Schwarz-Weiß-Foto von etwas, das einem Marsmännchen ähnelte, mit Händen und Füßen, die vom Körper getrennt zu schweben schienen.
»Ist das …?«

Sie nickte. »Man kann noch nicht sehen, was es wird, aber ich glaube, es ist ein Junge. Ein Mädchen wäre genauso gut, natürlich«, fügte sie schnell hinzu.
In ihren Augen entdeckte ich etwas, worüber ich lächeln musste. Es war Liebe. Sie liebte dieses Kind jetzt schon.
Sie steckte das Foto wieder in ihre Handtasche und fragte: »Was machen wir jetzt?«
»Einsteigen und weiterfahren, wie wär's damit?«
Sie grinste. Wir stiegen ein. Auf dem schmalen Weg konnte sie höchstens fünfzig fahren, aber nach dem Schneckentempo der letzten Stunden kam es uns vor, als wären wir auf der Autobahn.
Ich lehnte den Kopf gegen das Fenster und schloss die Augen.
Ihr Schrei war so laut und schrill, dass ich vor Schreck mitschrie.
»Was? Was ist passiert? Hör auf zu schreien!«
Sie trat auf die Bremse und schrie: »Dann schau endlich hin, Eppo! Sieh hin!« Ihr Zeigefinger wies nach vorne.
Da lag es, funkelnd in der Abendsonne und von einem Blau, das man bei uns nie sieht.
»Das Meer!«
»Ja. Das hatte ich schon begriffen.«
»Das Meer, Eppo!«
»Ja, Tabby. Ich sehe es!«
Wir fuhren weiter. Das Meer spielte Verstecken hinter den Hügeln und gönnte uns nur ab und an einen Streifen Blau, den wir nicht mit Sicherheit als Himmel oder Wasser zuordnen konnten.
»Jetzt wissen wir endlich, was das mit dem Stau auf sich hatte«,

plapperte Tabby. »Bei schönem Wetter wollen alle ans Meer. Gut, was? Dass ich diesen Schleichpfad entdeckt habe.«
»Diese Schleichweide, meinst du wohl!«

Der Weg endete an einem Strand, auf dem ein großes Schild stand mit der Aufschrift:
ACCÈS INTERDIT AUX PERSONNES NON AUTORISÉES.
»Ich glaube nicht, dass wir hier weiterdürfen«, sagte ich.
»Du denkst zu viel. Sieh doch nur.«
Friedlich rollte das Wasser über die Felsbrocken und Steine.
»Ich sehe es, Tabby.«
Sie stieg aus und merkte erst nach hundert Metern, dass ich nicht neben ihr ging.
Sie winkte. Ich schüttelte den Kopf. Sie winkte noch mal. Ich stieg aus und bedeutete ihr, sie solle nur weitergehen. Sie kam zurück.
»Was ist los? Warum kommst du nicht mit?«
»Ich hab's nicht so mit Strand.«
Sie wollte mir schon den Rücken zudrehen, als sie mich doch wieder ansah. »Hast du mir nicht mal erzählt, du würdest am Meer wohnen?«
Ich nickte. »Ich bin schon ein Jahr lang nicht mehr dort gewesen.«
Sie verstand. »Das ist ein anderes Meer«, versuchte sie.
»Es riecht nach Meer, es klingt wie Meer und bestimmt fühlt es sich auch an wie Meer.«
»O-kay«, sagte sie langsam und ließ mich wieder mal spüren, was für ein sonderbarer Vogel ich war.

»Dann schaust du eben zu, wie ich reingehe.«
»Mit Gips?«
»Ja. Hat der Arzt mir erlaubt. Der Fortschritt ist nicht aufzuhalten.«
Der Strand war so groß, dass sie nur noch ein kleiner Fleck war, als sie das Meer erreicht hatte. Sie winkte mir kurz zu und ließ das Wasser mit den Füßen aufspritzen. Ich hob eine Hand voll Steinchen auf und warf sie eines nach dem anderen wieder weg. Es machte ein trockenes, klackendes Geräusch. Ohne dass ich es wollte, wurde mein Blick immer wieder zum Wasser gezogen, sodass ich nicht anders konnte, als hinsehen und bemerken, wie schön es war. Und es war nicht der Geruch oder das Rauschen des Meeres, sondern das Bild der Sonne, die tief und rot über dem Wasser hing, das mir so vertraut vorkam, dass ich dachte, ich sei zu Hause.

Es war dunkel im Zimmer. Nur ein Streifen blasses Mondlicht fiel durch den Spalt zwischen den Vorhängen. Ich konnte nicht schlafen. Schon über zwei Stunden versuchte ich es. So sehr, dass es wehtat.

Ich wusste, dass er ebenfalls nicht schlief, denn er wühlte und seufzte. Strampelte die Decke ab und zog sie dann wieder hoch, aber er fragte nicht: »Eppi, schläfst du schon?« Also sagte ich auch nichts.

Ich hielt es nicht mehr aus. Ich rückte näher an die Bettkante und ließ meine Hand vorsichtig sacken, auf der Suche nach einem Stück von ihm. Haare oder ein Ohr, vielleicht sein Hals. Ich fand seine Schulter, aber noch ehe ich aus der Berührung etwas Liebevolles machen konnte, griff er nach meiner Hand und legte sie zurück, wie einen zu kleinen Fisch, den man wieder ins Wasser wirft.

»Lass das«, flüsterte er.

»Ich kann nicht schlafen.«

»Ich auch nicht.«

Ich sah den Umriss seines Gesichts; der Mondschein glänzte in seinen Augen.

Es hatte mehr Nächte gegeben, in denen wir nicht schlafen konnten. Ihm fiel immer etwas ein, was uns todmüde machte. So müde, dass er es meist nicht mehr schaffte, in sein eigenes Bett zu krie-

chen. Solche Ideen hatte er schon eine ganze Weile nicht mehr gehabt.
»Du fehlst mir.«
»Himmel, Eppi. Tu nicht so romantisch.«
Immer ist er es gewesen. Er kam zu mir. Nie war es umgekehrt und ich traute mich nicht anders. Aber seit diesem Tag auf dem Strand gab es mich nicht mehr. Er war mehr in der Stadt als zu Hause, mit diesem Scheißjob als Ausrede. Er besuchte sogar Angela, obwohl er das nicht mehr musste, seit er alt genug war, selbst zu entscheiden. Und wenn er schon mal da war, war er nicht wirklich anwesend.
»Was habe ich getan, Maarten? Was hat sich verändert?«
Er setzte sich aufrecht hin und sagte zum Mond: »Ich habe mich verändert.«
»Wieso denn?«
Ich kroch am Fußende aus dem Bett, setzte mich auf meinen Stuhl und knipste die Schreibtischlampe an. Gleichzeitig kniffen wir die Augen zusammen, er beschützte sie mit der Hand gegen das grelle Licht.
»Was machst du? Hör auf damit, Eppi. Geh einfach schlafen.«
»Ich kann nicht schlafen. Das habe ich doch schon gesagt. Ich habe … Hunger.« Und ich schaute ihm so tief in die Augen, dass ihm klar sein musste, dass ich keine Lust auf ein Käsebrot hatte.
»Mach verdammt noch mal das Licht aus, es ist halb zwei«, zischte er.
Ich knipste das Licht aus und tastete mich zu meinem Bett. Plötzlich war es stockfinster. Es war nicht schlimm, dass ich stolperte

und mir das Schienbein am Bettrand aufschrammte. Der Stoß, den er mir versetzte, als ich gegen ihn fiel, tat viel mehr weh. Er sprang auf, als wäre ich irgendein widerliches Insekt, das von der Decke auf seinen Schoß gefallen war.
»Verdammt, Eppo! Behalt deine Pfoten bei dir!«
»Pfoten?«
»Du bist mein Bruder«, sagte er, während er unbeholfen in seine Jeans stieg.
»Ich bin nicht dein Bruder. Ich will nicht dein Bruder sein!«
»Genau das ist das Problem! Du willst zu viel. Das machen wir nicht mehr. Nie mehr! Und wenn du hierüber auch nur ein Wort zu jemandem sagst, dann … dann …«
»Ja, was dann?«
Er zog sich ein T-Shirt und einen Pulli an. Erst bei den Schuhen wurde mir klar, was er da machte.
»Was hast du vor? Wohin willst du? Es ist mitten in der Nacht.«
»Weg. Ich gehe weg. Du machst mich verrückt, Eppo. Ich ersticke hier noch.«
Ich stand auf, versperrte ihm den Weg.
»Nicht, Maarten. Was soll ich ohne dich anfangen?« Das Letzte sagte ich halb weinend, denn in seinem Blick lag so viel Hass, dass ich Angst bekam.
Am nächsten Tag rief er Anke an, um ihr zu sagen, er würde eine Weile bei Angela bleiben. Immer wenn ich ihn anrief, ging seine Mutter ran, um zu sagen, er sei nicht da. Dabei spürte ich genau, dass er neben ihr stand. Er ruft dich zurück, sagte sie. Aber das tat er nicht.

Tabby!« Mit den Händen bildete ich einen Trichter um meinen Mund und rief, sie solle zurückkommen.

Sie kam aus dem Wasser und balancierte mühsam über die Steine.

»Was ist denn?«

»Es wird spät. Wir müssen gehen.«

»Ach was. Wir können das Zelt doch hier aufstellen.«

»Auf dem Kiesstrand?«

»Oder ein Stück weiter, im Gras dort, am Wegrand.«

»Das ist verboten.«

»Das ist verboten«, äffte sie mich mit zickiger Stimme nach und setzte sich mürrisch ans Steuer.

Ich wollte weg von hier. Das Tosen der Wellen machte mir Angst vor weiteren Erinnerungen, die das Meer anspülen würde. »Fahren wir jetzt, bitte?«

»Jahaa.«

Sie steckte die Füße in ihre Flipflops und zog die Autotür zu. Die Sonne war verschwunden und der Himmel färbte sich unheilvoll.

»Es gibt ein Gewitter«, sagte ich.

»Meinst du?«

»Nein. Ich bin mir sicher.«

Tabby schaute zu dem metallgrauen Himmel und fuhr im Rückwärtsgang wieder auf den Weg. Wir folgten der Küste und sahen, wie sich dunkle Wolken über dem Wasser auftürmten.

Einen Moment später fielen die ersten Tropfen auf die Windschutzscheibe. Tabby kurbelte ihr Fenster hoch. Ein greller Blitz zeichnete sich am Horizont ab und gleich danach öffneten sich die Himmelsschleusen. Die Scheibenwischer konnten nichts gegen die Wassermengen ausrichten und der Regen prasselte mit ohrenbetäubendem Getöse auf das Autodach.
»Ich halte an!«, schrie Tabby und lenkte das Auto auf den Seitenstreifen.
»Gut!«, rief ich und still schauten wir uns das beeindruckende Unwetter an. Der Wind nahm zu, die Wellen trugen jetzt dicke Schaumkronen und es donnerte unheilvoll.
Bei jedem Blitz zuckte Tabby zusammen.
»Du brauchst keine Angst zu haben. Im Auto kann uns der Blitz nichts anhaben. Der Faradaysche Käfig, du weißt schon.«
»Was für ein Käfig?«
»Michael Faraday. Er fand heraus, dass eine geschlossene Metallhülle vor elektrostatischen Feldern abschirmt. Das gilt auch für Blitze.«
»Wenn es nicht aufhört, schlafen wir also lieber im Auto?«
»Genau.« Ich drehte mich um und nahm ihre Jacke vom Rücksitz. »Hier, zieh die über. Du zitterst ja.«
»Danke.«
Unser Abendessen bestand aus allem, was noch im Auto herumlag: die pappig gewordenen Brötchen aus dem Hotel, ein runzliger Apfel, eine halbe Packung Cracker und ein paar Kekse. Wir saßen im Dunkeln und lauschten dem Donnergrollen, das allmählich in der Ferne verstummte. Ab und zu ließ ein Blitz alles aufleuchten. Es regnete immer noch.

Tabby drehte die Rückenlehne ihres Sitzes nach hinten und machte dasselbe mit meiner. Allmählich sank ich zurück. Sie kicherte, und als mein Gesicht auf derselben Höhe war wie ihres, sagte sie: »Du hast ein schönes Lächeln, weißt du das? Üb ruhig ein wenig, damit ich es öfter zu Gesicht bekomme. Siehst du? Es geht schon besser.«

»Ist schon gut, Tabby.«

»Du brauchst dich nicht schuldig zu fühlen, wenn du lachst.«

»Tue ich auch nicht.« Und ich stieg mit der Ausrede aus, ich müsse die Schlafsäcke aus dem Kofferraum holen, damit sie nicht an meinem Gesicht sehen konnte, dass sie ins Schwarze getroffen hatte. Das konnte sie nämlich.

Es wurde richtig finster. Es blitzte nicht mehr. Es gab keine Straßenlaternen, keine Häuser mit erleuchteten Fenstern, keinen Verkehr. Es gab keinen Mond, der sich im Wasser spiegelte. Das Meer war eine schwarze Masse, die wir neben uns spürten.

Tabby verschloss die Türen und kuschelte sich unter ihren Schlafsack. Noch bevor ich ihr Gute Nacht sagen konnte, schlief sie schon. Ich wünschte mir selbst eine gute Nacht und merkte dann, dass ich völlig vergessen hatte, wie das geht: schlafen. Ich hörte Tabby neben mir atmen und ich spürte, dass es mir nicht allzu schwerfallen würde, so zu tun, als wäre es Maarten, der dort lag. Er könnte es sein. Wäre er es nur. Aber noch ehe ich mir erlaubte, mich in dieser Fantasie zu verlieren, hörte ich damit auf, weil ich jetzt schon spürte, wie weh es tat. Der Schmerz knabberte an der kleinen Genugtuung, die mir meine Fantasie schenken würde. Der Schmerz, der mir allmählich so vertraut geworden war, dass die Hoffnung, ihn jemals loszuwerden, jeden Tag kleiner wurde.

Also konnte ich bloß wach daliegen und zuschauen, wie das Licht wieder über den Horizont kroch. Ein winziger Lichtstreifen reichte.

Ich wachte auf, als der Motor angelassen wurde.

»Schlaf nur weiter«, beruhigte sie mich. »Es ist noch früh, aber ich habe ein Riesenhunger.«

Wir landeten in einem verschlafenen Dorf mit einem Platz voller Platanen, zartrosa verputzten Häusern und der unvermeidlichen Petanquebahn.

»Da ist ein Bäcker«, sagte Tabby. Sie parkte am Straßenrand und überquerte die Straße. Ich stieg aus und streckte den Rücken. Ich fühlte mich erschöpft, setzte mich auf eine Bank und rieb mir die Augen.

»Hier«, sagte Tabby und hielt mir ein Croissant hin. Wir frühstückten und sahen, wie das Dorf langsam zum Leben erwachte. Rollläden wurden ratternd hochgezogen, ein Lebensmittelhändler stellte eine Schiefertafel mit Angeboten auf den Gehweg, ein kleiner Junge schleppte seinen Roller nach draußen.

Auf der anderen Seite des Platzes lag ein kleiner Bahnhof. Ein hübsches Gebäude mit einem Türmchen und einer großen Uhr. Die Buchstaben des Ortsnamens waren offensichtlich schon ein paarmal übermalt worden.

Eine Frau mit Aktentasche und ein Mann im Anzug gingen durch die offene Doppeltür.

Tabby strich sich die Krümel von der Hose. Aufdringliche Spatzen pickten sie sofort unter ihren Füßen weg.

»Ich glaube, ich rufe mal zu Hause an«, sagte ich.

Tabby hielt den Kopf schräg und sah mich an, nahm einen Schluck aus der Saftpackung und reichte sie mir. »Gut«, sagte sie und wischte sich den Mund mit dem Handrücken ab. »Solange du nicht erwartest, dass ich das auch mache.«

Mir gegenüber saß ein Mann mit einem vollgestopften Rucksack auf dem Schoß. Er umklammerte ihn mit beiden Armen, als befände sich sein allerletzter Besitz darin.

Links und rechts neben ihm war die Bank leer. Unsere Blicke kreuzten sich.

Es gab nur ein Telefon im Bahnhof. Ein Mädchen hielt es schon über eine Viertelstunde lang besetzt. Endlich legte sie auf. Tabby zupfte mich am Ärmel.

Ich steckte ein paar Münzen in den Schlitz und lauschte dem Freizeichen, das tief im Hörer ertönte, in der Ferne, als müsste es die vielen Kilometer bis nach Hause überbrücken.

»Oostdijk, guten Tag.«

Es war Anke und ich war nicht darauf vorbereitet, was ich beim Hören ihrer Stimme empfinden würde. Ich hatte überhaupt keine Gefühle erwartet und ich war dermaßen überrumpelt, dass ich einen Moment nichts sagen konnte.

Ich vermisste sie.

»Eppo, bist du das?«

Während ich nickte, fiel mir ein, dass sie mich nicht sehen konnte.

»Ja«, stieß ich hervor.

»Warum rufst du erst jetzt an?«

»Keine Nachrichten sind gute Nachrichten, oder?«

»Ja, aber … Wir haben … Es gibt … Warte. Willst du sagen, dass etwas ist? Geht es dir gut?«

»Alles in Ordnung.«

»Zum Glück.«

»Wie geht's Hendrik?«

»Gut. Wo bist du jetzt?«

»In einer Telefonzelle. Wir konnten hier anrufen.«

»Wir?«

»Ja. Das Mädchen, das mich beim Trampen mitgenommen hat.«

»Oh.«

»Anke?«

»Ja?«

»Was wolltest du mir sagen?«

Ein Seufzer ertönte im Hörer und es war seltsam, aber ich sah sofort das Gesicht, das zu dieser Art Seufzer gehörte. Es war, als stünde sie neben mir.

»Wir haben einen Brief für dich gefunden.«

»Einen Brief?«

Lautsprecheransagen hallten durch die Bahnhofshalle, ich konnte Anke kaum verstehen. Ich presste den Hörer gegen mein Ohr und hielt mir das andere Ohr zu.

»Na ja, Angela hat ihn gefunden. Sie stand eines Tages hier vor der Tür.«

»Angela?« Ich bekam Puddingbeine, mein Körper sackte zur Seite und suchte Halt an der Plexiglaswand der Kabine.

»Ist der Brief von ...«

»Maarten. Ja. Er ist von Maarten, für dich.«

»Was steht darin?«

»Das wissen wir nicht. Er ist für dich, Eppo. Zugeklebt. Wir öffnen deine Post nicht, das weißt du doch.«

»Wann. Wann hat er ihn geschrieben?«
»Das wissen wir nicht. Er hat eine Briefmarke daraufgeklebt, er wollte ihn verschicken. Aber du brauchst nicht ...«
In meinem Ohr ertönte ein Piepen. »Mein Geld ist alle.«
»Alles? Sollen wir ...?«
»Nein. Ich rufe ein anderes Mal wieder an, ja?« Ich bekam die Worte kaum aus dem Mund.
»Eppo, wo bist du? Sollen wir ihn ...«
Drei unerbittliche Pieptöne beendeten unser Gespräch und sofort überspülte mich die Stille der Bahnhofshalle, als hätte mich jemand unter Wasser gedrückt. Ich brauchte drei Anläufe, bis ich den Hörer richtig auf die Gabel gelegt hatte.
Tabby drückte sich die Nase am Plexiglas platt und sah mich schielend an.
Ich ignorierte sie und setzte mich wieder auf die Bank. Der Mann mit dem Rucksack saß noch immer da.
»Was ist los? Schlechte Nachrichten?«, fragte sie.
»Ich will nach Hause. Sofort«, sagte ich zu dem Mann.
»Nach Hause? So plötzlich? Warum, was ist los?« Ihre Stimme klang weit weg.
Es gab noch ein Stück von ihm. Er wollte mir noch etwas sagen und ich saß verdammt noch mal hier.
Ich schreibe dir, hatte er gesagt. An jenem Abend, damals. Er schrieb nicht. Nie. Er hasste Schreiben. Hielt den Stift auch so seltsam fest, mit allen fünf Fingern. Total verkrampft. Darum hatte ich ihm kein Wort geglaubt.
Ich stand auf und setzte mich wieder hin. Mein Schuhriemen war offen, sah ich. Mein Rucksack war bleischwer. Ich ging Richtung

Ausgang und hielt auf halber Strecke inne. Jemand lief gegen mich. Ich drehte mich um und ging in die entgegengesetzte Richtung, in den Fußgängertunnel. Die Sonne am anderen Ende machte mich blind. Ich fühlte die Kachelwand des Tunnels kühl an meiner Stirn. Ich brauchte diesen Rucksack nicht mehr.

»Eppo, was ist passiert? Du rennst hier völlig kopflos rum. Komm bitte mal wieder runter, ja?«

Sie drückte mir meinen Rucksack in die Hände und zog mich am Ellbogen nach draußen, auf die Straße, wo wir gerade noch sahen, wie ihr Auto auf einem Abschleppwagen um die Kurve fuhr. Ich konnte nicht verstehen, warum sie weinen musste. Den Hieb, den sie mir versetzte, spürte ich nicht. Ich setzte mich neben sie auf die Bordsteinkante. In der Straßenrinne lag eine Süßigkeitenverpackung. Rot mit weißen Buchstaben.

Als ich aufschaute, sah ich ein Schild. OBJETS PERDUS stand darauf. Fundsachen.

Genau so fühlte ich mich.

Er schaute erschrocken auf, als ich in unser Zimmer kam.
»Bist du schon da?«, war alles, was er sagte.
Ich hatte schon zwei Wochen weder etwas von ihm gehört noch gesehen und dann das.
Die Freude, die ich beim Anblick seines Fahrrads verspürt hatte, verschwand und mir wurde kalt, als hätte ich einen warmen Pullover ausgezogen.
Er stopfte ein letztes Paar Schuhe in seine Tasche, der Reißverschluss ging kaum zu. Dann erst sah ich, dass das Auspacken ein Einpacken war.
»Komme ich ungelegen, Maarten? Wolltest du weggehen, ohne was zu sagen?«
»Ich würde ja doch die falschen Dinge sagen.«
»Du bist also nur zurückgekommen, um wieder fortzugehen?«
Er schulterte seine Tasche und ging an mir vorbei in den Gang.
Ich folgte ihm, die Treppe hinunter, zur Hintertür raus.
»Ich hab dir doch erzählt, dass ich in Amsterdam unterkommen kann.« Er stellte seine Tasche ab und holte sein Rad aus dem Gartenhaus.
»Ja, aber ich hatte nicht erwartet, dass du jetzt schon gehen würdest.«
»Ich bin neunzehn, Eppo. Zeit für was anderes.«
»Zeit für jemand anderen, meinst du wohl?«

Er antwortete nicht, klemmte die Tasche unter die Spannbänder und nahm seine Handschuhe aus der Fahrradtasche.

»Und warum Amsterdam? Warum so weit weg?«

»Abstand ist gut. Den können wir gut gebrauchen.«

Es klang, als rede er über einen Fremden.

Er schwang das Bein über den Sattel, versetzte dem Dynamo einen Stoß und stellte einen Fuß aufs Pedal.

»Maarten?«

»Es ist besser so«, sagte er wieder.

»Wann sehe ich dich noch mal?«

Er zuckte die Schultern.

»Wohin ziehst du? Und was ist mit deinen restlichen Sachen? Ich besuche dich, okay?«

»Eppo, lass mich bitte. Es ist besser, wenn wir uns eine Weile nicht sehen. Ich schreib dir, ja?«

»Es ist wegen Charlotte, oder? Dass du wegwillst? Sie studiert in Amsterdam. Oder?«

»Ich muss jetzt echt los, sonst verpasse ich noch meinen Zug. Ich wollte nur sagen, dass ...«

»Was denn? Was willst du mir sagen?«

Einen Moment lang sah er verzweifelt aus und sagte schließlich: »Ich schreib dir.«

Aber er blieb stehen, den Fuß bewegungslos, beide Hände am Lenker, seine Augen in meinen, die Dämmerung verschleierte seinen Blick.

Meine Hände ballten sich zu Fäusten, meine Zähne taten weh, weil ich den Kiefer so fest zusammenpresste. »Dann geh, verdammt noch mal! Mach, dass du wegkommst!«

Ich trat gegen sein Rad. Das Rücklicht brach ab und das Schutzblech verzog sich. Er sah mich ungläubig an.
»Eppo, muss das wirklich sein? Ich wollte dir noch sagen, dass …«
»Hau ab! Ich will dich nie wieder sehen! Geh endlich. Geh!«
Ich stieß gegen sein Rad. Unsicher setzte er sich auf den Sattel. Mit beiden Händen gegen seinen Rücken schob ich ihn grob auf die Straße, weit weg von mir.
»Und wag es bloß nicht, noch mal zurückzukommen!«
Er schaute sich ein letztes Mal um, hob die Hand. Doch noch. Und dann fuhr er um die Ecke.
Er wagte es nicht.

Steh auf, Eppo. Los.«

Ich sah, dass eine Hand in meiner lag. Sie zog an meinem Arm.

»Eppo, bitte! Wir müssen zur Polizei. Rob bringt mich um, wenn was mit seinem Auto passiert! Du glaubst vielleicht, dass es eine alte Klapperkiste ist, aber es ist praktisch ein Oldtimer, verstehst du? Er hat Monate daran gearbeitet, ihn wieder aufzumöbeln. Komm jetzt!«

Ich zog meine Hand weg. »Lass mich in Ruhe.«

Der Brief. Ich konnte an nichts anderes denken. Ihr Auto war mir piepschnurzegal. Wenn das Auto nicht gewesen wäre, säße ich jetzt hier verdammt noch mal nicht über tausend Kilometer von zu Hause entfernt.

Ich stellte fest, dass Tabby wieder anfing zu weinen.

Sie rieb sich mit beiden Händen die Augen trocken und sagte: »Gut. Wenn du hier unbedingt wie ein Zombie sitzen bleiben willst … ausgezeichnet! Ich schaff das auch ohne dich.«

Ganz kurz blieb sie noch stehen, gab mir einen Schubs und ging dann in den Bahnhof.

Am liebsten wollte ich Anke wieder anrufen und sie bitten, den Brief am Telefon vorzulesen. Und gleichzeitig auch nicht. Was würde darin stehen? Ich hörte die Lautsprecheransagen über die Gleise schallen und stand auf. Drinnen sah ich Tabby vor einem Geldautomaten stehen.

»Ah! Wieder bei Sinnen?«, fragte sie höhnisch.
»Was machst du da?«
»Ich kaufe ein Fahrrad.« Sie verdrehte die Augen. »Was meinst du, du Intelligenzbestie?«
»Oh. Jetzt hast du plötzlich also Geld?«
»Ich hatte immer schon Geld, das hatte ich dir doch erklärt. Aber wir haben ein gemeinsames Konto. Rob hätte sofort sehen können, wo ich das Geld abgehoben habe.«
»Das sieht er jetzt doch auch?«
»Ja. Aber das Auto ist im Moment wichtiger. Weißt du, wie teuer Abschleppen sein kann? Und dann noch die Buße fürs Falschparken? Ich muss das Auto abholen, ehe Rob verständigt wird.«
Sie zog einen Stapel Geldscheine aus dem Automaten und gab mir dreihundert Euro.
»Voilà. Jetzt sind wir quitt, okay?«
Verblüfft starrte ich auf das Geld in meiner Hand.
»Kommst du jetzt mit, oder was?«
Ich steckte das Geld ein und folgte ihr. Wie ein Küken hinter der Henne ging ich mit ihr von der Polizeiwache zum Abschleppdienst und von dort zum Depot. Wir saßen in kleinen Wartezimmern, sie füllte Formulare aus, bezahlte an verschiedenen Stellen, unterschrieb mehrmals was und wedelte schließlich überglücklich mit den Schlüsseln vor meiner Nase herum. Dann erst sah ich, dass wir am Auto standen. Es war schon spät am Nachmittag. Ich hatte noch immer keinen Hunger.
»Wir können wieder los!«
»Ich fahre nach Hause, Tabby.«
Es war das Erste, was ich seit Stunden sagte.

»Steig ein«, erwiderte sie.
Ich schüttelte den Kopf. »Ich nehm den nächsten Zug nach Hause. Da liegt ein Brief für mich, von Maarten.«
Sie sah mich bedenklich an. »Wie kann das sein?«
»Ich weiß es nicht. Er muss ihn vor seinem Unfall geschrieben haben. Vielleicht, als er zum letzten Mal bei seiner Mutter war.«
Sie lächelte. »Ob es im Himmel Brieftauben gibt?«
»Sei nicht so albern.«
Sie schaute gekränkt. »Es war nur ein Scherz, Eppo. Ich verstehe sehr gut, dass du wissen willst, was darin steht, aber wir können doch zusammen nach Hause fahren. Meine Zeit ist fast vorbei.«
»Nein. Das dauert zu lange. Bringst du mich zurück zum Bahnhof?«
Gelassen nickte sie. Fast tat sie mir leid.
Im Bahnhof waren alle Schalter bereits geschlossen. Nirgends gab es einen Fahrkartenautomaten. Ich konnte es kaum glauben.
Enttäuscht verließ ich die Bahnhofshalle und ging raus, wo Tabby wie ein Wachhund neben ihrem Auto auf einer Bank saß.
»Alles schon zu.«
Ihr Gesicht heiterte sich auf. »Dann kommst du morgen wieder oder übermorgen. Denk noch mal darüber nach.«
»Nein, Tabby. Ich will nach Hause. Morgen früh stehe ich wieder hier.«
Ich setzte mich, hob die Zeitung auf, die neben ihr auf der Bank lag, und versuchte, die Überschriften zu verstehen.
»Ist die von heute?«, fragte sie und zeigte auf das Datum.
Ich schaute auf meine Uhr und nickte.
»Dann ist Rob gestern nach Hause gekommen.«

»In eine leere Wohnung.«

»Ja. Mach's nur noch schlimmer. Verdammt, als würde ich mich nicht schuldig genug fühlen. Normalerweise telefonieren wir jeden Tag miteinander, wenn er auf See ist ... Aber nach unserem Krach habe ich das Telefon ausgeschaltet.«

»Vielleicht ist er ja früher zurückgekommen?«

»Nein. Das geht nicht. Auf See ist auf See. Ein Kollege von ihm konnte nicht mal zum Begräbnis von seinem eigenen Vater.«

»Warum bist du denn dann überhaupt weggegangen?«

Sie zuckte die Schultern und fummelte an den Fransen ihrer abgeschnittenen Jeans rum.

»Weil ich bei seiner Rückkehr weit weg sein wollte.«

»Tja. Das ist dir ja gelungen.«

Ein leichter Wind wehte über den Platz. Nach dem gestrigen Unwetter war die Temperatur wieder angenehm. Ein Straßenhund drückte die Nase in ihre Hand und legte sich dann zu unseren Füßen. Ich warf die Zeitung in den Abfalleimer neben der Bank.

»Suchen wir einen Campingplatz?«, fragte Tabby.

»Machen wir.«

Nur ein wenig außerhalb des Dorfes sahen wir ein paar Zelte in einem Obstgarten stehen. Ein abgeblätterter Wegweiser hing schon viel zu lange an einer Weide; der Baum hatte ihn inzwischen fast vollständig eingeschlossen. Tabby fuhr durch ein Tor auf den Innenhof eines großen Gehöfts. Ein Mann zeigte mir einen Ort wie aus einem Bilderbuch. Er merkte nicht, dass ich ganz benommen war von so viel Schönheit. Ihm war wichtig, dass ich

wusste, wo die Toiletten und Duschen waren und wie viel es pro Nacht kostete.
Zwei knorrige Apfelbäume streckten einander die Zweige entgegen. Die Wiese war mit Blumen übersät und führte sanft abfallend zu einem kleinen Bach, der plätscherte, wie nur Bäche es können. Das lange Ufergras bog sich vornüber ins Wasser.
»Wollen wir hier?«, fragte Tabby. Es war ihr vollkommen egal, dass das Gras platt gedrückt, die Aussicht verdorben würde.
Ich hörte, wie sie den Kofferraum öffnete und unsere Sachen herbeischleppte.
»Wie wäre es, wenn wir einfach mal unter freiem Himmel schlafen?«, fragte ich und drehte mich zu ihr.
Sie schaute kurz in das wolkenlose Blau über uns, hob die Schultern und sagte: »Von mir aus. Ich bin es sowieso total leid, dieses Zelt immer wieder aufzubauen.«
Wir breiteten die Bodenplane aus, pumpten die Luftmatratze auf und setzen uns darauf, um Brot mit Marmelade zu essen. Eine nette Frau, die ein Stück weiter entfernt kampierte, brachte uns Suppe. Sie sagte was in einer fremden Sprache und zeigte, wie viel Suppe sie gemacht hatte. Zu viel, offensichtlich. Sie ging erst weg, als wir gekostet hatten.
»Hast du dir auch die Zunge verbrannt?«, fragte Tabby, als sie außer Hörweite war.
Ich nickte. Wir mussten beide lachen. »Aber sie schmeckt sehr gut«, sagte ich.
»Das schon.«
Wir gingen nacheinander duschen und krochen bei Sonnenuntergang in unsere Schlafsäcke.

Tabby wartete, bis es fast ganz dunkel war, ehe sie fragte: »Denkst du an den Brief?«

»An nichts anderes.«

»Was wohl darin steht?«

»Keine Ahnung.«

»Was hoffst du?«

Ich ließ die Stille lang dauern. Eine Katze schlich vorsichtig vorbei und beobachtete uns. Der Bach murmelte. »Ich hoffe, es ist ein lieber Brief.«

Tabby drehte sich samt Schlafsack auf die Seite und suchte meine Augen statt der Sterne, die sie sich erst angesehen hatte.

»Maarten konnte sehr hart sein«, erklärte ich. »Und ein Brief kann das auch sein. Auf Papier ist alles schnell schwarz-weiß. Wenn man nicht lange genug nachdenkt über das, was man schreibt, kann was dastehen, was einem später leidtut. Aber für ihn gibt es kein Später mehr und lange nachdenken war nicht seine Stärke.«

»Vielleicht kannst du ihn erst von jemand anderem lesen lassen?«

»Nein. Ich glaube nicht, dass er das gewollt hätte.«

»Denkst du an dein Kind?«, fragte ich nach einer Weile. Die Sonne war jetzt ganz weg und die Kälte kroch vom Boden hoch.

»An nichts anderes«, sagte sie, aber ihre Stimme klang schon weit weg. Noch eine Sekunde und sie schlief.

Ich lag lange da und sah mir den Sternenhimmel an, und als ich eingeschlafen war, träumte ich von Stapeln mit Briefen, deren Buchstaben immer verschwanden, wenn ich einen lesen wollte.

Die Sonne stand schon hoch über den Apfelbäumen, als ich aufwachte. Tabby lag nicht neben mir. Mir war viel zu warm, ich schälte mich aus dem Schlafsack und schlüpfte schnell in meine Hose. Da war sie; sie stand unter dem Vorzelt der Frau mit der Suppe und trank Kaffee.

Wütend ging ich zu ihr, nickte der Frau kurz zu und zog Tabby mit. »Es ist schon halb elf, warum hast du mich nicht geweckt?«

»Ich wünsche dir auch einen guten Morgen. Du hast geschlafen wie ein Stein; ich dachte, ich lass dich schön liegen.«

»Ich wollte zum Bahnhof, das wusstest du genau. Das hast du absichtlich gemacht.«

»Mann, entspann dich! Du kannst doch jetzt gehen? Der Brief läuft nicht weg. Hier.«

Sie reichte mir ihren Kaffee. »Wird dir guttun.«

Aufmunternd nickte sie mir zu und hob den Becher an. Seufzend griff ich danach und nahm einen Schluck. »Zu wenig Milch«, sagte ich und drückte ihn ihr wieder in die Hand. Ich ging zurück zu unserem Platz, rollte meinen Schlafsack auf und zog den Stöpsel aus der Luftmatratze, aus der die Luft langsam entwich.

»Eppo?«

»Hmm.« Ich ging zum Auto, öffnete den Kofferraum und fing an, all meine Sachen zusammenzusuchen.

»Eppo!«

»Ja, was ist?« Ich drehte mich zu ihr.
»Einen Tag noch. Was ist denn ein einziger Tag?«
Ich seufzte und packte meine Sachen ein, während sie weiterredete.
»Was für einen Unterschied macht es für dich? Du kannst doch einfach weiterfahren. Oder zurückfahren, ganz wie du willst. Ich gehörte doch gar nicht zu deinem Plan, als du losgefahren bist, was macht es also aus?«
»Es gab keinen Plan. Aber du warst da. Gleich zu Anfang. Und ich will nicht, dass du jetzt weggehst.«
Ich band meine Sneakers vorne an die Schnalle meines Rucksacks und sah sie an. Mit gesenktem Kopf stand sie im Gras, in ihrem ewigen Jeansrock und den billigen Flipflops. Ihr Gesicht hatte zu viel Sonne abbekommen; ihre Nase fing an sich zu pellen, genau wie ihre Ohren. Ihre Wangen waren voller Sommersprossen.
»Was soll das denn?«
»Nichts.« Sie zuckte kurz die Achseln. »Ich bin nicht gern alleine.« Sie ließ sich auf die Luftmatratze fallen, die inzwischen halb leer war, und bekam einen solchen Schrecken, dass sie gleich wieder aufsprang.
Ich musste lachen. Sie gab mir einen Schubs und fragte: »Und, was meinst du?«
Sie sah mich hoffnungsvoll an, und als ich nicht sofort antwortete, sprach sie weiter. »Ich bring dich zum Bahnhof und du kaufst eine Karte für morgen, okay?«
»Bring mich jetzt nur zum Bahnhof, ehe die Schalter wieder schließen. Dann kann ich wenigstens nach meiner Zugverbindung fragen.«

»Heißt das, wir lassen deine Sachen erst mal noch hier?«, fragte sie sicherheitshalber.

»Ja, Tabby. Die Sachen lassen wir noch hier. Und jetzt komm.«

Sobald sie neben mir saß, fing sie an zu plappern, wie immer. Ich schwieg und lächelte. Es war ein schönes Gefühl – gebeten zu werden, nicht wegzugehen. Und klar wusste ich, dass sie es aus Angst vor dem Alleinsein tat, aber das war mir gerade egal.

Im Bahnhof stellte sich heraus, dass es nicht so einfach war, einen internationalen Zug zu bekommen, es sei denn, ich würde einen Tag länger warten, dann brauchte ich nicht drei Mal umzusteigen. Tabby strahlte, als sie mir half, die Frau am Fahrkartenschalter zu verstehen. Ich seufzte, kaufte eine Fahrkarte und sagte: »Du bekommst deinen Willen, jetzt hast du mich noch etwas länger an der Backe.«

»Den Zug hättest du heute doch eh nicht mehr bekommen, du Schlafmütze.«

Wir blieben ein wenig im Dorf, schauten den Petanquespielern auf dem Platz zu und tranken was in einem Straßencafé. Auf dem Campingplatz ließen wir die Füße im Wasser baumeln, während Tabby sich Namen überlegte.

»Wenn du ihn nur nicht Eppo nennst.«

»Nein. Das hatte ich nicht vor.« Sie lachte.

Wir pumpten die Luftmatratze wieder auf und die Suppenfrau lud uns zum Essen ein. Sie zeigte uns ein Foto, auf dem sie jünger war und viele Kinder hatte. Offensichtlich konnte sie sich nicht daran gewöhnen, für zwei Personen zu kochen, immer bereitete sie zu viel zu. Das fanden wir nicht schlimm.

Ihr Mann saß in einem Stuhl und schwieg. Kurz darauf machte

der Campingplatzbesitzer ein großes Feuer auf dem Innenhof. Alle nahmen ihre Stühle mit und bildeten einen großen Kreis. Ein Mann fing an zu singen, die anderen tranken vor allem. Tabby und ich saßen auf einem Baumstamm.

»Schön, was?«, sagte sie. »Wie Ferien.«

»Ja, wie Ferien.«

Wir starrten ins Feuer, das immer gieriger am Holz leckte. Ein dicker Ast brach entzwei, Funken stoben hoch in den dunklen Himmel, ein Hund bellte.

»Aber du denkst an den Brief.«

»Ich denke an den Brief, ja. Vielleicht sollte ich das nicht mehr tun. Womöglich ist es eine Liste mit Sachen, die ich noch von ihm habe. Und die er wiederhaben möchte.«

»Schau in die Flammen und mach den Kopf leer«, sagte sie beschwörend, während sie mit den Fingern vor meinen Augen rumfuchtelte.

Als das Feuer erloschen war, gingen wir schlafen.

»Morgen kaufen wir ein«, sagte Tabby noch. »Dann hast du was für unterwegs.«

Und dann war sie auch schon eingeschlafen.

Bleib du nur sitzen, dann kaufe ich ein. Ich lass das Auto nicht mehr unbeaufsichtigt irgendwo stehen.«

Tabby stieg aus und schlug die Wagentür hinter sich zu, um sie sofort wieder aufzumachen.

»Oder nein, setz du dich her, ans Steuer. Das ist besser.«

»Du darfst hier, glaub ich, wirklich parken.«

»Ja, das dachten wir vorgestern auch. Mach's einfach, Eppo. Ich will echt nicht noch mal abgeschleppt werden. Der Abschleppdienst in diesem Kaff hier ist ein wenig übereifrig, finde ich.«

Ich stieg aus und setzte mich unter ihrem wohlwollenden Blick auf ihren Sitz, legte sogar die Hände aufs Lenkrad, als könnte ich jeden Moment wegfahren.

»Gut. Ich bring dir Äpfel mit.«

Sie schmiss die Tür zu und ging in den kleinen Lebensmittelladen. Ich lehnte mich zurück und kurbelte das Fenster runter. Der Wind blies Abfall und Staub zu Minitornados, die durch die stille Straße wirbelten. Eine Katze überquerte, ohne sich umzusehen, die Fahrbahn, fand sogar noch die Zeit, dabei kurz ihre Pfote zu lecken. Eine alte Frau schleppte einen Stuhl nach draußen und setzte sich in den Schatten ihres kleinen Hauses. Sie sah müde aus, als hätte sie schon den ganzen Tag gearbeitet, aber es musste das Leben sein, das sie müde gemacht hatte, denn der Tag hatte gerade erst angefangen.

Plötzlich wurde die Beifahrertür aufgerissen und jemand saß neben mir. Ich bekam einen solchen Schrecken, dass ich mich nicht mehr rühren konnte. Mein Körper wusste nicht mehr, wie das ging: Aussteigen.
»Bleib nur schön sitzen«, sagte der Mann, als ich mich gerade daran erinnert hatte, dass ich am Türgriff ziehen musste.
Ein Dieb, ein Verbrecher, ein Entführer, ein Missverständnis.
»*Où-est-elle?* Wo ist sie?«
»Wo ist wer?« Meine Stimme klang, als müsse sie durch ein winziges Loch kriechen.
»Weißt du, Freundchen, dass du mein Auto klaust, ist eine Sache. Aber wenn du meinst, du kannst dich einfach so mit meiner Freundin ins Ausland absetzen, dann hast du dich gewaltig geschnitten. Wo ist Tabby?«
»Rob?«
»Genau, ja. Damit hattest du nicht gerechnet, was? Dass ich dich finden würde. Nicht gerade klug, Geld abzuheben. Du schuldest mir noch sechshundert Euro ...«
»Immer mit der Ruhe. Das Geld hat Tabby geholt. Ich bin ein Tramper, mehr nicht. Na ja, vielleicht ein Freund. Sie ist da drinnen, sie kauft gerade ein.«
Er schaute kurz zu der Ladentür und dann wieder zu mir. »Ist sie da?« Er klang erleichtert.
Ich nickte und fühlte mich schon etwas ruhiger.
»Hat sie ... weißt du, ob sie ... So was kann man auch in Frankreich machen lassen, oder? Verdammt, also doch. Ich bin zu spät, was?«
Dann öffnete sich die Ladentür und Äpfel rollten über den Geh-

weg. Rob stieg aus, um Tabby zu umarmen. Ich sammelte die Äpfel auf, nahm ihr die anderen Einkäufe aus den Händen, die sie um ihn geschlungen hatte, und wusste nicht, was ich damit machen sollte. Die alte Frau hatte sich erhoben und stand schon auf dem Gehweg.

»Mensch, Mädchen! Mein Mädchen! Was machst du nur für Geschichten? Was ist mit deiner Hand passiert?«

Sie wand sich aus seiner Umarmung, sah ihn entschlossen an, hob ihren Gipsarm und sagte kurz: »Gefallen«. Dann brach es aus ihr heraus: »Ich hab's nicht getan, Rob. Ich behalte es. Ich will es. Ich will es behalten. Und wenn du anders darüber denkst, dann hast du Pech. Komm, Eppo. Ich bring dich zum Campingplatz.«

Sie nahm mich am Ellbogen und schob mich zum Auto. Ich spürte, wie sie zitterte.

»Tabby, warte.« Rob und ich hatten es gleichzeitig gesagt und sie blieb einen Moment verblüfft stehen.

»Wir müssen reden«, sagte Rob.

Tabby sah mich an, als sei ich ein Verräter.

Ich hob die Schultern und sagte: »Du kannst dir doch wenigstens kurz anhören, was er zu sagen hat.«

»Zuerst und vor allem will ich sagen, wie froh ich bin, dass du es nicht getan hast.«

Tabby schmolz wie Eis in der Sonne. »Wirklich?«

»Ja. Wirklich. Ich hatte dich sofort zurückgerufen, aber du bist nicht mehr ans Telefon gegangen.«

»Das konnte ich doch nicht wissen! Ich dachte, du wolltest mir noch mal genau einschärfen, was ich zu tun habe. Ich bin einfach losgefahren.«

»Auf diese Weise löst du nichts, Tabby. Du hast mich vor vollendete Tatsachen gestellt. Ist es da nicht logisch, dass ich Panik bekomme? Ich hab das nicht wirklich so gemeint, das mit der Abtreibung, das ist mir vor Schreck so rausgerutscht. Und danach konnte ich dich nicht mehr erreichen.«
»Mein Akku war leer. Ich hab mein Handy einfach nicht mehr aufgeladen.«
»Ja. Klasse! Ich war halb verrückt vor Sorgen und hab all deine Freundinnen angerufen, aber keine wusste, wo du warst. Deine Eltern wussten es auch nicht, die haben in unserer Wohnung nachgesehen und anschließend die Polizei informiert.«
»Du hast meine Eltern angerufen?«
»Du bist vermisst gemeldet, Tabby! Ich saß auf dem Schiff fest! Was sollte ich denn machen?«
»Und die Polizei?!«
Die alte Frau überquerte die Straße. Die beiden Leute an der Ladentür hatten vergessen, dass sie eigentlich Waschmittel brauchten. Oder die Zeitung. Über uns öffnete sich ein Fenster.
»Ihr solltet vielleicht besser woanders hingehen«, schlug ich vorsichtig vor.
Sie sahen es auch. Rob zeigte auf die Straße. »Ich hab am Flughafen einen Wagen gemietet.« Er sah uns abwechselnd an und sagte dann: »Aber den lasse ich erst mal da stehen.« Er stieg ein und startete den Motor. Tabby setzte sich neben ihn. Alle konnten sehen, dass ich einer zu viel war.
»Was ist? Steigst du noch ein?«, rief Tabby und winkte.
Triumphierend sah ich die Schaulustigen an und stieg ein.

Sogar Rob beruhigte sich beim Anblick der Apfelbäume und des Baches. Sie setzten sich auf die Luftmatratze. Ich erledigte den Abwasch an dem Spülbecken ein paar Meter weiter. Ich brauchte sehr lange, um unsere beiden Tassen, das Besteck und den einen Topf zu spülen. Das war nicht einfach.
Als ich mich umdrehte, sah ich, wie Tabby den Kopf auf seine Schulter legte. Ich bekam ein flaues Gefühl im Magen und fand es schwierig, dabei zuzusehen, wie sie buchstäblich wieder zueinanderfanden. Wie man sehen konnte, dass sie zusammengehörten.
Die Tassen im Topf fingen an zu klirren. Ich stellte alles ab und setzte mich hin. Ich war mir nicht mehr so sicher, ob ich wirklich nach Hause wollte.
Maarten war dort sehr nachdrücklich anwesend. Zu nachdrücklich.

Ich stellte den Topf ins Auto. Tabby schaute auf, als ich den Kofferraum zuklappte.
»Ich geh dann mal 'ne Runde«, sagte ich und zeigte mit dem Daumen über die Schulter in die Ferne.
Sie nickte kurz, während sie schon wieder in Robs Augen ertrank. Er ähnelte in keiner Weise den rauen Seeleuten aus den Büchern, die ich gelesen hatte. Groß und sehnig war er, mit wirren Haaren und einer schmalen Nase.
Ich ging durch das Tor, stand eine Weile still da und schaute mich unentschlossen um. Links führte der Weg ins Dorf, rechts wand er sich den Hügel hinauf, durch die Felder. Ich wandte mich nach rechts, ging eine Weile bergauf und schaute über die Landschaft. Eine Lerche schwebte über dem reifen Korn und sang eine fröhli-

che Melodie, während sie immer höher stieg. Wieder überkam mich ein Gefühl der Sinnlosigkeit; es war so sinnlos, wenn es niemanden gab, zu dem man sagen konnte: »Siehst du die Lerche dort? Hörst du, wie sie singt?«
Manchmal sehnte ich mich zurück nach der Zeit, als ich wusste, wie das ging: allein sein. Bevor Maarten kam, war ich gut darin. Es gefiel mir nicht besonders, aber ich wusste meine eigene Gesellschaft doch in gewisser Weise zu schätzen. Nach dem ersten gemeinsamen Wochenende bestand mein Leben aus Warten. Warten auf ihn. Und ich konnte mich einfach nicht daran gewöhnen, dass dieses Warten sich nun bis in die Ewigkeit verlängert haben sollte.
Ich setzte mich ins Gras, schaute zu, wie die Sonne unterging, und versuchte, das Gefühl von früher wiederzufinden. Dieses geduldige und ergebene Gefühl. Aber das ging nicht; der einsame zehnjährige Junge war nicht mehr da. Und ich wusste noch ganz genau, wann ich ihn verloren hatte.

Es war Maartens erster Winter bei uns. Nach ein paar Tagen Frost gingen wir zum Teich oben am Deich, um zu schauen, ob er schon zugefroren war. Wir warfen Stöcke und Steine aufs Eis, die schlitternd das andere Ufer erreichten. Am nächsten Tag hatte er zwischen den Sträuchern einen Autoreifen gefunden und ihn zwei Kilometer vor sich hergerollt, um ihn aufs Eis zu werfen. Das Eis brach, der Reifen versank.
Erst als Hendrik ein paar Tage später überprüft hatte, ob das Eis jetzt dick genug war, durften wir. Maarten hatte es noch nie gemacht. »Aber das kann ja wohl nicht so schwer sein«, meinte er.

Ich sah zu, wie er versuchte, mit den Armen rudernd das Gleichgewicht zu halten, und tat, als könnte ich es selbst auch noch nicht so gut.
Nachdem er zum zigsten Mal gefallen war, reichte es ihm. Mit knallroten Wangen setzte er sich an den Rand, zog seine Fäustlinge aus und fing an, die Schnürsenkel seiner Schlittschuhe zu lösen.
»Hörst du schon auf?«
»Schwachsinniges Gezappel ist das! Schwachsinnig. Ich hab überall blaue Flecken.«
»Ich bring's dir bei.«
»Du kannst es doch nicht mal selbst.«
»Komm, gib mir deine Hände.« Er zweifelte, schaute zu dem verlassenen Teich und legte zu meinem Erstaunen seine Hände in meine. Ich zog ihn hoch und fuhr rückwärts vor ihm her.
Nach einigen Runden ging es besser und ich fuhr neben ihm, hielt ihn nur noch mit einer Hand fest. »Links, rechts. Links, rechts. Tief genug vornüberbeugen, sonst verlierst du das Gleichgewicht.«
Schließlich fanden unsere Füße einen Rhythmus und wir fuhren Runde um Runde, sogar als es schon anfing zu dämmern und wir die Unebenheiten im Eis kaum noch erkennen konnten. Die ganze Zeit über sprachen wir nicht, lachten wir nicht. Wir lauschten den Geräuschen unserer Schlittschuhe auf dem Eis, unseren Atemzügen und unserem wechselseitigen Schniefen. Ich spürte die Kälte nicht, ich spürte nur, wie warm seine Hand war und wie er in den Kurven Halt suchte. Wir ließen einander keine Sekunde los. Erst als Hendrik auf dem Rad auftauchte, beunruhigt, um uns

dann erleichtert zuzuwinken, hob Maarten die Hand zum Zurückwinken. Und ich weiß noch, dass es sich anfühlte, als hätte ich ein Vögelchen fliegen lassen, das eben noch warm und sicher in meiner Hand gesessen hatte.

Was sitzt du hier so allein und bläst Trübsal?«

Ich schaute auf. Sie grinste und setzte sich neben mich.

»Und? Alles wieder in Ordnung?«, fragte ich. Sie strahlte dermaßen, dass die Frage überflüssig war, aber nun ja.

»Wir behalten es. Und ich habe ihm versprochen, dass ich eine Ausbildung mache, später.«

»Als was denn?«

»Das weiß ich noch nicht. Vielleicht Reiseführerin«, sagte sie lachend und stieß mir ihren Ellbogen in die Seite.

»Du bist so anders, Tabby.«

»Anders?«

»Ja. Du siehst aus, als könntest du jeden Moment aufsteigen.«

»Stimmt. So fühle ich mich auch.«

Sie legte ihre Hand in meine. »Eines Tages fühlst du dich auch wieder so. Ganz bestimmt.«

Ihre Worte berührten mich nicht, aber ihre Hand sagte alles.

»Fahrt ihr morgen nach Hause?«

»Ja. Rob ruft gerade meine Eltern an. Da wollte ich lieber nicht dabei sein.«

»Hast du ihm was über mich erzählt?«

»Nichts Besonderes. Dass ich dich beim Trampen mitgenommen habe. Und dass du gute Gesellschaft warst.«

»Oh. Also doch?«

Sie drückte meine Hand, die sie noch immer festhielt, und sagte: »Ich hab eine Idee. An dem Tag, an dem du dich genauso fühlst wie ich jetzt, rufst du mich an, und dann machen wir diese Reise noch einmal, als zwei neue Menschen. Abgemacht?«
Wir wussten beide, dass das nie geschehen würde, aber ihr Blick war so offen und fröhlich, dass ich nur nicken und sagen konnte: »Abgemacht.«
»Kommst du mit? Rob hat mich zum Essen eingeladen, im Dorf. Um es zu feiern. Wenn du magst, kannst du mitkommen.«
»Ich weiß nicht.«
»Du musst doch was essen.« Sie zog mich hoch und gemeinsam gingen wir zu dem Platz zwischen den Apfelbäumen, wo Rob gerade den Reißverschluss vom Zelt zuzog.
»Ich glaube nicht, dass es trocken bleibt«, sagte er und schaute kurz in den bewölkten Himmel und dann zu dem Zelt, das er soeben aufgestellt hatte. »Gehen wir?«
»Eppo kommt mit, ja?«, fragte Tabby.
Ich sah an Robs Gesicht, dass er das nicht geplant hatte.
»Nein, Tabby. Geht ihr nur. Es ist noch Brot da.«
»Unsinn. Du kommst mit. Es ist unser letzter Abend zusammen.«
Das klang, als hätten wir jeden Abend unendlich viel Spaß gehabt. Rob hörte es auch.
Ich spürte, wie ich mich in seinen Augen von einem unbedeutenden Anhalter in einen potenziellen Geliebten verwandelte.
»Ach, Tabby, lange wird dieser letzte Abend sowieso nicht dauern. Du fällst doch immer sofort in Tiefschlaf.«
Noch ehe ich den Satz beendet hatte, war mir klar, dass ich alles nur noch schlimmer gemacht hatte.

»Hast du auch im Zelt geschlafen?«, fragte Rob mich.
»Es ist mein Zelt.«
»Es ist dein Zelt?«
»Ja, Rob, es ist sein Zelt. Wir haben doch gar kein Zelt!«
»Ich dachte, du hättest es unterwegs gekauft«, sagte Rob und es klang, als täte ihm leid, dass er es aufgestellt hatte.
»Gehen wir jetzt essen oder was?«
»Ich komm echt nicht mit, Tabby. Ich bin müde und morgen habe ich eine lange Fahrt vor mir.«
Rob war eindeutig erleichtert.
»Schlaft ihr heute Nacht nur im Zelt«, sagte ich noch.
»Und was ist mit dir?«
»Ich frag, ob ich in der Scheune übernachten darf.«
Rob nahm meinen Rucksack aus dem Kofferraum und stieg ein.
Tabby lächelte mir kurz zu und sagte: »Bis später.«
Sie fuhren vom Campingplatz. Zu spät fiel mir ein, dass das Brot noch auf der Rückbank lag.

Ein lautes Krähen weckte mich. Ich machte die Augen auf und sah, dass es gerade erst hell wurde. Mühsam kniete ich mich hin und schaute von meinem Strohlager über den Pferdeboxen runter in die Scheune. Ein großer Hahn stolzierte durch den Gang zwischen den Boxen und krähte noch mal. Ich hatte kaum ein Auge zugetan. Das Schnauben und Hufescharren der Pferde unter mir hatte mich lange wach gehalten und auch die Angst zu verschlafen. Ich rollte meinen Schlafsack zusammen und stopfte ihn samt Stroh in meinen Rucksack. Es war kurz nach halb sechs, als ich steifbeinig die Leiter runterkletterte. Ich klopfte mir den Staub

von den Sachen, wusch mir das Gesicht am Waschbecken und putzte mir die Zähne.
Ich drehte mich um und schaute zu meinem Zelt, das wie gemalt unter den Apfelbäumen stand.

Ich war noch wach gewesen, als Tabby und Rob in die Scheune gekommen waren. Es war mitten in der Nacht und ganz offensichtlich hatten sie nicht nur gegessen.
»Wo er wohl ist?«, fragte Tabby. Sie kicherte.
»Jetzt komm, Schatz, lass ihn.« Das war Rob, er machte sich nicht die Mühe zu flüstern.
»Aber was, wenn er nicht hier übernachten durfte? Wir nehmen ihm einfach sein Zelt weg. Du hättest sagen sollen, dass er im Auto schlafen kann. Wir hätten doch zu Fuß zum Dorf gehen können.«
»Tabby, hör auf. Was hast du mit diesem Typen? Komm jetzt, ich hab schon den ganzen Abend solche Lust auf dich.«
Tabby schrie kurz auf und ich sah, wie Rob sie hochhob und nach draußen trug.

Ich spuckte die Zahnpasta aus, spülte meinen Mund aus und band mir die Schuhe zu. Auf einen zerknüllten Kassenzettel, den ich in meiner Hosentasche fand, schrieb ich meine Adresse und Telefonnummer. Und darunter: »Ich bekomme das Zelt schon irgendwann mal wieder. Viele Grüße, Eppo.«
Vorsichtig pikste ich den Zettel an die Zeltstange über dem Eingang. Ich warf einen letzten Blick auf den Bach, das Auto, das Zelt, und dann ging ich weg. Ich lief zügig, während die Sonne

höher stieg und der Tau verdunstete. Viel zu früh kam ich am Bahnhof an, wo ich mich auf eine Bank setzte und wartete.
Ich fühlte mich komisch. Ein besseres Wort konnte ich nicht dafür finden.
In dem Moment, in dem mein Zug einfuhr, entdeckte ich sie.
»Eppo! Warte!« Sie rannte auf mich zu. »So nimmt man doch nicht Abschied!«
Sie schaute wieder so wütend, wie ich es von ihr gewöhnt war.
»Ich mag Abschiede nicht«, rief ich mitten in den Lärm des einfahrenden Zuges. »Wenn man es nicht richtig macht, tut es einem später leid. Und man weiß nie, ob man sich noch mal wiedersieht, um es dann richtig zu machen.«
Weil der Zug inzwischen zum Stillstand gekommen war, schallten meine letzten Worte viel zu laut über das Gleis.
»Das finde ich nicht.«
»Das habe ich nicht anders erwartet.«
Wir lachten. Sie steckte mir einen Zettel zu. »Hier ist meine Adresse, meine Telefonnummer steht auch drauf. Lass mich wissen, was in dem Brief stand, ja?«
Mit lautem Zischen öffneten sich die Zugtüren.
»Ich schick dir das Zelt. Rob und ich haben beschlossen, doch noch ein paar Tage Urlaub zu machen. Ein wenig Entspannung können wir wohl gebrauchen.«
»Gute Idee. Wo ist er?«
»Im Auto. Schöne Grüße.«
»Hat er das gesagt?«
»Nein. Ich sage das.«
»Ich muss gehen, Tabby.«

»Schreibst du mir?«, fragte sie noch mal.

Ich nickte und erschrak vor ihrer plötzlichen Umarmung. Sie drückte mir einen Kuss auf den Hals.

»Danke fürs Mitnehmen«, war alles, was ich rausbringen konnte.

»Ich muss jetzt.«

Ich nahm meinen Rucksack und stieg ein.

»Eppo?«

Ich drehte mich um.

»Es wird wieder gut. Es wird wirklich wieder gut.«

»Tschüss, Tabby.«

»Tschüss, Eppo.« Die Türen schlossen sich, ich hob die Hand. Ruckelnd setzte sich der Zug in Bewegung und dann war sie weg.

Ich fuhr nach Hause.

Aus der Entfernung schaute ich mir eine Weile unser Haus an. Wie es da stand. Ganz allein auf weiter Flur, ein Stück weiter der Bauernhof der Brüder, gerade eben noch in der nächsten Kurve sichtbar. Niemand weit und breit. Der Deich am Horizont, der salzige Geruch des Windes, der endlose Himmel. Seltsam, dass man erst weggehen muss, um etwas sehen zu können, was man schon sein ganzes Leben lang kennt. Echt sehen, meine ich.

Ein Gesicht am Fenster. Die Tür, die aufgerissen wird. Meine Mutter.

»Deine Haare«, war das Erste, was sie nach unserer Umarmung sagte, aber ich sah, wie ihre Augen in meinen nach anderen Veränderungen suchten als einer anderen Frisur oder brauner Haut, und ich wusste, sie würde sie nicht finden.

»Der Brief«, sagte ich.

Er stand auf dem Büfett. Die Briefmarke war nicht abgestempelt. Mein Name, geschrieben in seiner eckigen Handschrift. Die Buchstaben so weit nach links geneigt, dass es wirkte, als müssten sie sich gegen den scharfen Wind stemmen.

»Ich lese ihn oben«, stieß ich hervor.

»Lass dir Zeit.«

Mein Zimmer war noch immer viel zu leer. Ich machte das Fenster auf und setzte mich aufs Bett. Vorsichtig riss ich den Umschlag auf und zog ein einziges Blatt Papier hervor. Kein Datum. Die

Anrede zog den Knoten in meinem Magen so fest, dass ich mich krümmte. Meine Augen überflogen das Blatt. Jedes Wort hielt mich im Würgegriff, sodass ich am Ende keine Luft mehr bekam und mit den Händen auf die Fensterbank gestützt nach Atem rang. Meine Beine trugen mich nicht länger und ich sackte unter dem Fenster in mich zusammen.

»Nun heul schon«, zischte ich. »Heul schon.« Aber der Schmerz suchte sich einen anderen Weg nach draußen. Ich schaffte es gerade noch bis ins Badezimmer.

Lieber Eppi,

was ich sagen will:

Es tut mir leid, mit jener Nacht. Was ich gemacht habe und was ich gesagt habe.

Es tut mir leid, wie ich weggegangen bin.

Es tut mir leid, dass ich Dir wehgetan habe. Das ist das Einzige, was ich gut kann.

Es tut mir leid, dass es für mich nie so selbstverständlich gewesen ist wie für Dich.

Es tut mir leid, dass ich Dich nicht ernst genommen habe, obwohl ich wusste, was Du empfunden hast.

Es tut mir leid, dass ich nicht mehr mit Dir geredet habe.

Aber was zwischen uns war, das tut mir nicht leid.

Das will ich Dir sagen, wenn ich nachher komme, um wieder zu gehen.

Und weil ich weiß, dass ich das wahrscheinlich nie rauskriege, wenn ich bei Dir bin, schreibe ich es auf. Stecke es in einen Umschlag. Klebe eine Briefmarke darauf und lege ihn in die Schublade, damit ich ihn einwerfen kann, wenn ich wieder hier bin. Nachdem ich mal wieder ein mieser Typ gewesen bin.

Ohne Dich hätte ich es nie geschafft, Eppi.

Ich will Dich nicht verlieren, ich will einfach, dass es wieder wird wie vor »Sunday Morning«. Ich ruf Dich an, sobald ich alles auf die Reihe gekriegt habe.

Dein Bruder Maarten

PS: Da dieser Brief meinem Ruf ernsthaften Schaden zufügen kann, bitte verbrennen. Haha (aber ich meine es ernst!).

Ich betätigte die Klospülung, lehnte mich gegen die Wand und rieb mir die Hände, um das Zittern zu stoppen.

»Wo bist du?«, flüsterte ich. »Wo verdammt noch mal bist du?«

Mein Atem ging unregelmäßig. Ich legte die Hände über meine Nase und meinen Mund, aber mein Atem klang immer noch wie Morsezeichen.

Ich wollte mit ihm reden. Ich wollte ihm sagen, dass es in Ordnung war. Und dass es ihm nicht leid zu tun brauchte, aber dass es trotzdem schön war, es zu hören. Und dass ein einziger Satz auch gereicht hätte. Der Satz über das, was zwischen uns war.

Es wurde leise an die Badezimmertür geklopft.

»Eppo? Geht's?«

Ich spülte mir den Mund aus, ging in den Flur und fühlte mich plötzlich unglaublich müde.

»Unten steht Tee. Hendrik kommt gleich nach Hause.«

Einen Moment später saßen wir am Küchentisch. Ich verbrannte mich an dem heißen Tee und genoss den Schmerz, der mich durchfuhr, als ich die Zungenspitze zwischen meine Zähne schob. Ein anderer Schmerz.

Anke traute sich nicht zu fragen, was in dem Brief stand. Über meine Reise reden würde uns zu weit wegführen, also sagte sie: »Es ist schon die ganze Woche so heiß, dass ich lieber drinnen sitze als draußen.« Ihre Worte blieben in der Stille des Raumes

hängen. Wir schwiegen weiter und hörten den Vögeln im Garten zu. Nach zwei Tassen Tee sagte ich: »Ich habe ihn geliebt, Anke.« Erleichtert sah sie mich an und sagte: »Das weiß ich doch.«
»Nein. Ich habe ihn wirklich geliebt.«
»Das weiß ich auch, Eppo.«
»Warum hast du dann nie was dazu gesagt?«
»Weil ich davon ausging, dass du es eines Tages selbst sagen würdest. Wenn du bereit dafür wärst. Aber dann ist er gestorben. Und du hast aufgehört zu reden, aufgehört zu existieren. Kannst du dir vorstellen, wie schwer es für Eltern ist, ihr Kind so leiden zu sehen? Nicht helfen zu können? Wir vermissen ihn auch, Eppo.«
»Ihr vermisst den Falschen.«
Es wurde so still, dass wir die Uhrzeiger ticken hörten. In meinem Magen schien sich eine Luftblase zu befinden, die immer größer wurde. Ich schluckte und sah plötzlich, dass der Kaffeefleck auf der Tischdecke die Form eines Hundekopfs hatte.
Anke griff über den Tisch nach meinen Händen, die sie in ihre nahm. Ich hielt das nur kurz aus und trank einen Schluck Tee, um der Berührung zu entkommen. »Weißt du noch, als Opa starb, wie du damals gesagt hast, er wäre nie wirklich tot? Nicht, solange wir noch an ihn denken würden.«
Sie nickte. »Du warst noch klein damals …«
»Niemand ist so tot wie Maarten, Anke. Nur ich kann an ihn denken, wie er wirklich war. Alle, die von dem Unfall hörten, dachten nur: Tja, dieser Mistkerl nervt uns auf jeden Fall nicht mehr. Niemand findet es schlimm, wenn so ein Aso tot ist, oder?« Ich spielte mit der leeren Tasse und starrte auf den Kaffeefleck. »Aber er war überhaupt kein Schlägertyp. Das war er nicht. Sogar jetzt hat er

nur mich. Und ich kann das nicht. Ich kann das nicht allein. Es ist einfach nicht fair.«

Mein Hals fühlte sich an wie zugedrückt, ich fing an zu zittern, und dann war Anke da, die mich an sich zog und sagte: »Du bist das Beste, was ihm je passiert ist, Eppo. Du hast ihm gezeigt, was Liebe ist.«

Ich bekam keine Luft mehr und löste mich aus ihrer Umarmung.

»Ich muss kurz weg«, stotterte ich.

Meine Beine brachten mich von selbst zum Schafstall. Ich setzte mich hin, den Rücken gegen das warme Holz, und las den Brief noch mal. Und noch einmal. Und noch einmal. So lange, bis die Leere in meinem Körper mit jedem Wort gefüllt war, mit jedem Satz und allen Bedeutungen, die die Wörter nur haben konnten, und ich mich zum ersten Mal seit Langem nicht mehr ganz so ausgehöhlt fühlte.

In meinem Gesichtsfeld tauchten Schuhe auf und ein paar Sekunden später saß mein Vater neben mir an der rauen Wand.

»Bin froh, dass du wieder zurück bist, Eppo. Geht's einigermaßen?«

Ich reichte ihm den Brief. Er las ihn sehr langsam, während ich in Gedanken mit ihm mitlas. Dann faltete er ihn sorgfältig zusammen und gab ihn mir wieder.

»Das ist ein schöner Brief, mein Junge. Maarten hat unrecht, was den Ruf betrifft. Danke, dass ich ihn lesen durfte.«

Die Spannung, die in der Stimme meines Vaters nicht hörbar war, hatte von seinen Händen Besitz ergriffen, die sich auf der Suche nach Halt ineinander verflochten.

»Du kanntest ihn nicht.«

»Wahrscheinlich hast du recht. Und das finde ich schade.«
Wir sahen beide die Schnecke, die auf dem Weg zum Salat war.
»*Sunday Morning*, was?«, sagte er lächelnd. »Ich hatte kein Problem damit, dass Maarten in meinen CDs rumkramte. Alles war besser als der Krach, den er sich sonst anhörte. Darf ich fragen, was ihr mit diesem Lied hattet?«
»Das darfst du fragen, aber ich gebe keine Antwort.«
»Brauchst du auch nicht. Kommst du mit rein?«
»Ich glaub, ich bleib hier noch eine Weile sitzen.«
Hendrik nahm mich fest in den Arm und ging heim. An seinem Rücken konnte ich sehen, dass er weinte.

Epilog

Das große Tor quietschte, als ich es aufstieß. Einen Moment noch zweifelte ich; meine Hände hielten das Metall schon wieder fest, das heiß war von der Mittagsonne. Was glaubte ich, hier zu finden? Dennoch machte ich einen Schritt. Der rötliche Schotter knirschte zögernd unter meinen Füßen. Langsam ging ich durch die Reihen und schämte mich plötzlich, weil ich nicht wusste, wo sein Grab war. Ich kam mir wie ein Eindringling vor, während ich die vielen Grabsteine musterte. Das Lesen all der Namen, die nicht seiner waren, fühlte sich an wie ein Zimmer betreten ohne anzuklopfen.

Angela hatte darauf bestanden, dass er ein Grab bekam. Dass er hier begraben wurde, war ihr egal, wenn meine Eltern nur die Kosten trugen. Ich ging durch die Reihe bis zu einer Hecke und bog dann in die nächste. Je weiter ich lief, desto mehr näherten sich die Todestage seinem letzten Tag.

Und dann plötzlich sein Name, in Stein gemeißelt. Es war weniger schockierend, als ich dachte. Den Karton mit seinen Sachen vom Dachboden holen, sein Geruch in einem vergessenen Pulli, sein Buch mit einem Lesezeichen in der Mitte, das war schockierend. Ich wusste, dass er tot war, daran änderte sein Name auf dem Grabstein nichts. Und was ich mir schon gedacht hatte, stimmte auch.

Er war hier nicht.

Aber sie war hier. Ich weiß nicht, woher sie kam. Bestimmt gab es hier irgendwo einen Wasserhahn, denn die Topfpflanze, die sie in der Hand hielt, tropfte vor ihre Füße, auf seinen Stein.

»Die hatte Durst. Klar, bei dem Wetter. Kannst du dich an so einen Sommer erinnern? Es ist fast September und noch immer so heiß.« Sie stellte die Pflanze auf das g von de Jong, rückte den Topf noch ein wenig zurecht.

»Du bist bestimmt Eppo?«

Ich nickte.

»Er hat viel von dir gesprochen. Ich bin jede Woche hier. Samstags bin ich schon mittags fertig. Er hat mich dann immer abgelöst. Darum komme ich jetzt samstagnachmittags zu ihm, glaube ich.«

Da wusste ich es.

»Charlotte?«

Sie lächelte. Sie hatte dünne Lippen, ein rundes Gesicht und warme, braune Augen. Ihre dunklen Haare schienen sich nicht zwischen lockig und glatt entscheiden zu können.

»Hast du Lust, kurz zum Strand zu gehen? Ein wenig Seewind könnte ich gut gebrauchen.«

Ich nickte und konnte den Blick nicht von ihr wenden, als wäre ich auf der Suche nach etwas, ohne zu wissen, was es war. Sie drückte einen Kuss auf ihre Hand und legte die Finger schnell auf seinen Grabstein. Als würde er das merken.

Vorhin hatte ich kein Rad vor dem Friedhof gesehen. Jetzt stand ihr Rad neben meinem. Wir fuhren sehr langsam, es war zu heiß, um was auch immer schnell zu tun. Sogar meine Gedanken bewegten sich langsam. Träge gingen wir die Dünen hoch. Der

Strand war überfüllt. Überall bunte Strandmuscheln, nackte Körper, Sonnenschirme und eine unerträglich fröhliche Stimmung.
»Komm«, sagte ich. Und sie folgte mir zu einem Stück Strand ohne Aufsicht und somit mit weniger Menschen. Der Sand war heiß unter unseren Füßen.
Eine sanfte Brise streichelte meinen Nacken. Charlotte schloss die Augen und drehte sich zum Wind.
»Besser als nichts«, sagte sie und lächelte mich an, als würde sie mich schon seit Jahren kennen.
Wir schlenderten weiter weg von der Touristenmasse, bis wir plötzlich auf »unserem« Strand standen und ich die Augen zumachte, weil die Erinnerungen mich überfluteten und ich in dem Strom von Bildern unterzugehen drohte.
»Ich bin hier nicht mehr gewesen. Nicht, seit ...«, brachte ich hervor. Ich ließ mich in den Sand fallen und schaute mich um. Die Pfähle der Wellenbrecher, auf die er kletterte, sich provozierend hinstellte, um dann kühn von Pfahl zu Pfahl zu springen – so weit ins Meer hinein, dass die Wellen um seine Füße tobten und ich über den Wind hinweg schrie, er solle gefälligst zurückkommen. Ich spürte den Sand, den wir zu Bergen schaufelten, zu Wällen auftürmten, in den wir Rinnen gruben, um dann auf das Wasser zu warten, jedes Mal davon überzeugt, dass unser Bauwerk das Meer dieses Mal besiegen würde. Hinter mir der Dünenkamm, wo wir zusammen Drachen steigen ließen. An diesem einen Tag im Februar stürmte es so heftig, dass ich den Drachen nicht mehr halten konnte und er sich hinter mich stellte, seine Arme um mich, seine Hände auf meinen, um den Drachen zu bezwingen. In der Sonne liegen, sein Kopf auf meinem Bauch, hinten in den Dünen. Ein Ort,

an dem keiner sehen konnte, wie nah wir uns manchmal sein wollten und Hände und Münder zu wenig hatten, um uns das zu zeigen.
»Ihr wart oft hier, ich weiß. Wir waren hier auch ein paarmal und dann hat er von dir erzählt. ›Mein Bruder‹, sagte er immer. Das gefiel mir, weil du ja nicht sein echter Bruder warst, oder?« Sie setzte sich neben mich, ließ den Sand durch die Hände rieseln und fischte winzige Muscheln daraus, die sie sich auf die nackten Beine legte.
»Ich muss hier weg.«
Noch ehe ich aufstehen konnte, griff sie nach meiner Hand.
»Und was machst du dann? Er ist überall, Eppo. Ich arbeite jedes Wochenende in dem Supermarkt, in dem ich ihn kennengelernt habe. Immer, wenn die Tür vom Lager aufgeht, denke ich, er ist's. Und immer ist es jemand anderes. Er wollte zu mir in mein Studentenzimmer ziehen, in Amsterdam. Er wollte sich einen Job suchen. Wir wollten glücklich sein.«
Erst als sie spürte, dass ich sitzen blieb, ließ sie meine Hand los und legte sich in den Sand.
»Er liebte das Meer und den Strand«, sagte ich vor mich hin.
»Ja, außer wenn Pferde in der Nähe waren.«
Ich drehte mich zu ihr. Das wusste nur ich.
»Vor denen hatte er Angst«, bestätigte ich.
»Ja. Aber das hätte er nie zugegeben«, sagte sie grinsend.
Ich spürte, dass ich lächelte.
Einen Moment lang war da nur das Rauschen des Meeres und in der Ferne die Geräusche spielender Kinder. Ich seufzte tief und schaute zum Horizont. Charlotte lag mit geschlossenen Augen neben mir, einen Arm überm Gesicht.

Ich starrte auf meine Füße und spürte das Gewicht der Wörter, die ich loswerden wollte, auf der Zunge.
»Wer war er bei dir, Charlotte? Wie war er? Tat er manchmal ...? War er ...?«
Sie nahm den Arm weg, sah mich an und setzte sich auf, die Augen gegen das grelle Licht zusammengekniffen. »Er war lieb. Und witzig und fröhlich. Ich weiß, was du meinst; ich habe diese Geschichten auch gehört, ich wurde gewarnt. Und ich glaubte, dass sie wahr waren, weil ich es spüren konnte, dass es in ihm war. Aber das war nicht mein Maarten.«
Sein Name. Er klang neu aus ihrem Mund.
»Unser Maarten«, verbesserte ich sie.
Sie nickte. »Ich kannte ihn noch nicht so lange, aber ich denke jeden Tag an ihn und werde ihn nie vergessen.«
Sie fing einen Wasserball, der zu uns rübergeweht war, und warf ihn dem Mädchen zu, dem er gehörte.
»Es tut mir leid. Es tut mir so leid, Charlotte.«
»Was tut dir leid?«
»Es ist meine Schuld, dass er tot ist. Wir hatten uns gestritten, an diesem Abend. Ich habe sein Rücklicht kaputt getreten. Es ist meine Schuld.«
»Wie kommst du denn darauf? Hast du das die ganze Zeit gedacht? Hat dir denn niemand erzählt, wie es passiert ist?«
Sie wirkte aufrichtig erstaunt.
»Er ist aus dem Nichts aufgetaucht, haben sie gesagt. Mehr wollte ich nicht darüber hören. Ich wollte nicht hören, dass er kein Rücklicht hatte, dass der Fahrer ihn nicht sehen konnte.«
Charlotte kniete sich vor mich hin und sah mich ernst an: »Er saß

nicht mal auf seinem Rad, als er überfahren wurde. Wahrscheinlich war etwas von seinem Gepäckträger gefallen und er ist auf die Straße gegangen, um es aufzuheben. Er saß nicht auf seinem Rad, Eppo.«

Wir wurden still.

Und dann musste ich aufstehen und ins Meer rennen, das warm und ruhig war, über mir am stahlblauen Himmel die Möwen und in der Ferne ein Schiff. Ich musste so heftig weinen, es war, als bräuchte mich das Meer, um nicht trockenzufallen. Ich ging weiter, bis mir das Wasser an den Nabel reichte, und ich sah eine kleine Qualle treiben, knapp unter der Wasseroberfläche.

Jede Welle gab mir einen verspielten Schubs, aber ich fiel nicht um.

Ich fiel nicht um.

Ich stand wieder.

Marian De Smet, 1976 in Belgien geboren, arbeitet als Erzieherin. Bereits als Sechsjährige verkündete sie, dass sie Schriftstellerin werden wollte. Nach *Kein Empfang* ist *French Summer* der zweite Jugendroman der Autorin, der im Gerstenberg Verlag erscheint. Er wurde als bestes niederländischsprachiges Jugendbuch des Jahres 2013 mit dem »Goldenen Bilderrahmen« ausgezeichnet.

Andrea Kluitmann, Jahrgang 1966, lebt und arbeitet in Amsterdam. Seit 1992 übersetzt sie Literatur, Graphic Novels, Drehbücher und Sachtexte aus dem Niederländischen. Sie gibt auch Workshops und hält Vorträge. 2007 erhielt sie zusammen mit Do van Ranst den Deutschen Jugendliteraturpreis.

Aus dem Niederländischen
von Andrea Kluitmann
192 Seiten, gebunden
ISBN 978-3-8369-5705-2

Marian De Smet

Kein Empfang

Leo sitzt fest. Bei einer Bergtour in den Alpen ist er in eine Höhle gestürzt und hat sich den Fuß gebrochen. Alleine kommt er da nicht wieder raus, aber sein Handy hat keinen Empfang …
Niemand weiß, wo Leo ist. Niemand außer Nanou. Nachdem die Sechzehnjährige den Jungen entdeckt hat, bringt sie ihm Essen und Trinken und versorgt seine Wunden. Aber warum holt sie keine Hilfe? Und warum hat sie solche Angst vor den Menschen? Irgendetwas stimmt nicht mit ihr.

Ein packender Thriller über Angst und Verzweiflung, Einsamkeit und Freundschaft, Liebe und Loslassenkönnen

www.gerstenberg-verlag.de

Die Übersetzung dieses Buches wurde gefördert
vom Flämischen Literaturfonds (Vlaams Fonds voor de Letteren –
www.flemishliterature.be)

Flemish Literature Fund

1. Auflage 2016
Die Originalausgabe erschien unter dem Titel *Rotmoevie* bei Moon

Übersetzung: Andrea Kluitmann
Umschlaggestaltung: init.büro für gestaltung, Bad Oeynhausen
Umschlagmotive: Thinkstock! / iStock
Druck und Bindung: GGP Media GmbH, Pößneck
Printed in Germany

www.gerstenberg-verlag.de

ISBN 978-3-8369-5840-0